橋本左内の漢詩

―見果てぬ夢の世界―

前川幸雄著

橋本綱維（左内の次弟）

橋本綱常（左内の三弟）

橋本梅尾（藜園會）

左内先生の實母

橋本梅尾（左内の母）

木内烈子（藜園會）

左内先生の姉

木内烈子（左内の姉）

前書き

橋本左内については、熱烈な鑽仰者によって、幕末の志士、先見の明ある先覚者、国家を憂えた偉人とされ、その観点から多くの評伝などが著されてきたと思います。そして、どちらかと言えば、それは、歴史家によるそれぞれの時代の要請に応えた仕事であったと思います。しかし、その中に文学研究者による左内の作品を文学として考察しようとする仕事は少なかったように思います。小説の中には少しそれにふれる作品もありましたが、目標は歴史家に近いものでした。

私は、左内の詩集を読み、注釈をしていた時、それら一般の評価には、その点で、物足りないものを感じました。そして、その面ではまだ十分な研究がなされていないのではないかと思いました。私はその時一般には言及されていない左内の「夢と苦衷」を感じ、そこに深い同情を禁じ得ませんでした。それは当時も、今も変わっていません。そこで、私にそんな気持を起こさせた幾つかの作品をお示ししたい。そして、純粋な青年左内が、何を楽しみとし、激動の時代に何を悩み、どのように考えていたかを見て頂きたいと思います。本書は、普通の青年左内、人間味溢れる左内、やさしさ、悲しさを示す左内の姿を示す一冊です。これが、皆様の、左内を理解する時に今までとは違う新しい見方を一つ加えて頂くのに役に立つならば、それは左内のためにもうれしいことです。

（本書では、私は「左内」と書きます。それが、私にとっては一番親しみを感じる言い方だからです。ご了解下さい）

凡例

一、本書は『橋本景岳全集』（景岳会編、歴史図書社、一九七六年）下巻「景岳詩文集」（一二四五頁～一三三四頁）を底本とする。

二、表記は、以下の通り。

「題名、本文、書き下し文」。

「原文」は旧体漢字、「書き下し文」は常用漢字旧仮名遣い。

　なお、題名の下に、（作品番号）、〈制作年齢〉を記す。

【押韻】『平水韻』（一〇八韻）により、『宋本廣韻』（二〇六韻）を参照した。

【題意】常用漢字、現代仮名遣いによる記述をする。

【通釈】常用漢字、現代仮名遣いによる記述をする。句番号は、長詩には五句ごとに句頭につける。

【語釈】語句（よみかた）―語の意味説明を記述する。

【人名】一部の作品にだけある。『中国学芸大辞典』（東京元元社、昭和三十四年）、『中国学芸大事典』（大修館書店、昭和五十三年）、『中国人名大辞典』（泰興書局、一九三一年）などによるが、適宜短くしている箇所がある。

【余説】作品、作者、注釈者の考察などを必要に応じて記述する。

【一～八の項目のまとめ】は、取り上げた作品、その他の作品、別の書籍などを含めて、気づいたことを記す。

三、「（附録）橋本左内略年譜」は以下による。

『橋本左内』（山口宗之著、人物叢書（新装版）、吉川弘文館、一九八五年）の「略年譜」（三〇四～三一〇頁）を基本とし、簡略にし、『橋本景岳全集』上巻の「橋本景岳先生年譜」（全一〇頁）を参照しました。

◎表紙及び巻頭の写真については福井市立郷土歴史博物館長角鹿尚計様のご配慮を頂きました。

・表紙の橋本左内肖像画は佐々木長淳の画。

（福井市立郷土歴史博物館所蔵）

・巻頭の母親と姉及び二人の弟の写真は藜園會の撮影。

『橋本左内言行録』（山田秋甫著、橋本左内言行録刊行會、昭和七年）による。

目次

はじめに

橋本左内は、『橋本景岳全集』中の「景岳詩文集」(『藜園遺草』等をもとに補遺(拾遺)を加えた)に拠れば、四六〇首ほどの漢詩を遺した(正確には少年時代の六首を含めて四五六首が残っている)。

その著作年代を西紀、年号、干支、橋本左内の年齢、作品〔番号〕、作品数の順に表にすると、左記のようになる。

西紀	年号	干支	年齢	作品番号	作品数
一八五〇〜一八五一	嘉永三・四年	庚戌・辛亥	一七・一八	〇〇一〜〇二〇	二〇
一八五二	嘉永五年	壬子	一九	〇二一〜〇三九	一九
一八五三	嘉永六年	癸丑	二〇	〇四〇〜〇六三	二四
一八五四	安政元年	甲寅	二一	〇六四〜〇七〇	七
一八五五	安政二年	乙卯	二二	〇七一〜〇七二	二
一八五六	安政三年	丙辰	二三	〇七三〜〇八六	一四
一八五七	安政四年	丁巳	二四	〇八七〜〇九五	九
一八五八	安政五年	戊午	二五	〇九六〜一七〇	七五
一八五九	安政六年	己未	二六	一七一〜四五〇	二八〇
一八四八以前	嘉永元年以前	戊申	一五以前	少一〜少六	六

＊『福井縣漢詩文の研究』（増補改訂版）（前川幸雄著、朋友書店、二〇一九年）の一五六〜一五八頁には、「『景岳詩文集』所収詩制作年代別・詩体別作品番号一覧表」を載せてある。

そこで、この左内の漢詩を、八つの項目のもと、各項に二、三編ずつの作品を取り上げて、四六〇首の世界を見渡すこととする。その意図は、従来の書物では取り上げていない左内の人間の別の面、やさしさ、苦しさなどを、明らかにすることである。そして、青年左内が考えた夢と苦衷を知って、左内の人間性を理解してみたい。（残念ながら、左内は二六歳という若さで生涯を終えたがために、大半の夢は叶うことがなかった）

一　花

菊　　菊（014）　〈一八歳作〉

簇白攅黄故麗明　白を簇し黄を攅す　故麗明らかなり、
偏憐花色適吟情　ひとえに憐む　花色の吟情に適するを。
蕋含玉露姿添艶　蕊は玉露を含みて姿艶を添へ、
叢帯金風香益清　叢は金風を帯びて香益々清し。
盆裏蕙蘭可知己　盆裏の蕙蘭は知己たるべく、
庭前松竹是同盟　庭前の松竹は是れ同盟なり。
由來隱逸本君志　由来隠逸はもとより君が志、
不競青春桃李榮　青春の桃李と栄を競わず。

【押韻】明、情、清、盟、榮（平聲庚韻）。七言律詩。

【題意】菊は文人に好まれる、清楚な美しさ、香りがある。末の句には菊になって、桃と李と美しさを競う気持はないとその気持を述べている。

【通釈】
白色と黄色がむらがりあつまって、もとよりその美しさはいうまでもない。
ひたすら菊の花が詩をうたうのに適しているのを好ましく思う。

おしべやめしべはきれいな露を含んで、花の姿はあでやかさを増し、
菊のしげみは秋風に吹かれて、清らかな匂いをさらにかおらせる。
盆栽用の鉢の中で咲く蕙蘭は友達で、
庭先の松や竹は同じ仲間だ。
もともと世俗を避けて隠遁したいのが、君の本当の気持ちだから、
春の桃やすもものような華やかな花と美しさを競争する気はないのだ。

【語釈】

○簇（そう）―むらがる。あつまる。○攅（さん）―むらがる。あつまる。○故―もとより。もともと。本来。○麗―うるわしい。○憐―めでる。賞美する。○吟情―歌をうたいたい気持。○蕋（ずい）―蘂の俗字。おしべとめしべ。○玉―美しい、すぐれた、たっとい、高価な、などの意を表し、名詞の上につける。○金風―秋風。秋は五行の金にあたる。○盆―盆栽用の鉢。○裏―すべてのもののうらがわ、なか。○蕙蘭―香草。蘭の一種。単に蕙ともいう。○知己（ちき）―知り合い。友。○同盟―共同の目的のために同一の行動をとることを約束すること。○由来―もともと。元来。○隠逸―世の中から隠れのがれる。○青春―春のこと（五行説では、春の色は青。因みに、夏は赤、土用は黄、秋は白、冬は黒である）。○桃李―ももとすもも。

【人名】

○陶潜（三六五〜四二七）―東晋の潯陽柴桑（江西省）の人。『宋書』の隠逸伝には「陶潜、字は淵明。或は云ふ、淵名、字は元亮」とあり、昭明太子の淵明伝には「陶淵明、字は元亮、或は云ふ、潜、字は淵明」とあり、また『南史』

の隠逸伝には「陶潜、字は淵明、或は云ふ、字は深明（深は恐らく淵の誤）、名は元亮」とあって、名字の言い方に異同があるが、陶淵明といい、陶潜といって親しまれている。その作、五柳先生伝は、自伝ともいわれているが、死後、靖節先生といわれる。東晋の哀帝の興寧三年に生まれ、宋の元嘉四年、六三歳で没した（異説もあるが省略）。その詩は「文選」にも納められ、古来、親しまれている。性来、酒と自然を愛し、無絃の琴を携え、会飲弾吟して詩を作った。老荘思想の影響多く受けると共に、儒家的な道徳的立場を守った。五柳先生伝、帰去来辞、桃花源詩併記、飲酒、帰園田居、形影神などが有名である。詩文集に「陶淵明集」、また、「陶靖節集」がある。

◎左内には300番・「陶靖節」（五言一六句）があり、敬慕の情を述べている。

＊『『東篁遺稿』研究―吉田東篁と陶淵明―』（前川幸雄著、朋友書店、二〇一八年）で吉田東篁の漢詩と陶淵明の作品との関係を論じた。

東篁は少年時代の左内の師の一人であった。左内成人後は共に漢籍を勉強した。また、左内は医師として東篁の母親の乳癌の手術をした。

なお、東篁の母親が病気になり江戸から帰国することになった東篁の状況と心境は、左記の注釈に記した。

「『東篁遺稿』所載の五首の詩の序文と漢詩の全注釈」（『会誌』第二八号、鯖江郷土史懇談会、二〇二〇年）。

○周敦頤（一〇一七～一〇七三）―宋の道州営道（湖南省）の人。原名は敦実。字は茂淑。諡は元公。世に濂渓先生と称せられる。分寧県の主簿となり、南安軍司理参軍、桂陽の令をへて、熙寧（一〇六八～一〇七七）の初年、広東転運判官となった。その後、疾により廬山の蓮華峯下に住み、濂渓と名づけた。神宗の熙寧六年没。年五七。宋学の開祖である。著に、太極図説一巻、通書一巻、及び濂渓集七巻がある。また蓮花を愛して「愛蓮説」がある。弟子に程頤、程頤がある。『宋史』四二七、『宋元学案』三・一一・一二、『伊洛淵源録』に伝記がある。

○劉希夷（六五一～六七九）―唐の汝州（河南省）の人。字は廷芝。上元二年（六七五）の進士。閨情の詩を作り、古調が多く、流麗哀苦をもって一時に重んぜられた。「代悲白頭翁」の詩の「年年歳歳花相似、歳歳年年人不同」の句を舅（おじ）の宋之問が自分の句にほしいと所望したのに対し、与えなかったので、恨みをかい、圧殺されたという伝説がある（「唐才子伝」）。詩集四巻がある。なお、「大唐新語」には一名を挺之に作り、全唐詩には一名を庭芝に作り、唐詩選には劉廷芝とあって、注に字を希夷とし、唐才子伝には廷芝を字としている。『旧唐書』一九〇中・『唐才子伝』一、『唐詩紀事』一三、『大唐新語』八に伝記がある。

【余説】

○菊と桃李について想起される詩人と言えば、人名欄に挙げた陶淵明、周敦頤、劉廷芝らであろう。

＊陶淵明の「飲酒」と題する詩、連作二〇首の第五首（全一〇句の中）の五句・六句に「菊を采る　東籬の下　悠然として南山を見る」、

＊周敦頤の「愛蓮説」に「菊は花の隠逸者なり」（なお「隠逸花」は菊の花を表す）、

＊劉廷芝の「代悲白頭翁」（白頭を悲しむ翁に代わる）（全二六句）と題する詩の冒頭の一、二句に「洛陽城東　桃李の花　飛び来たり飛び去って誰が家にか落つる」、

とあるなど、詩人がこぞって表現している。

＊更に「桃李言（ものい）わざれども下　自（おのずか）ら蹊（けい）をなす」（『史記』李將軍列伝）も心に残る言葉である。

○五行説―戦国時代の騶衍（すうえん）が唱えた学説。五行の徳を歴代王朝に当てはめ、変遷の順序を理論づけたも

の。例えば周は火徳で秦は水徳（水は火に勝つ）、漢は土徳（土は水に勝つ）とする。のち、漢代に陰陽（おんよう）説と結びつき、陰陽五行説として万物の現象を説明するようになった（異説もある）。

夏菊　　夏の菊（020）〈一八歳作〉

雖是涼秋物　是れ涼秋の物といえども、
還憐盛夏粧　また憐れむ盛夏の粧ひ。
嫩叢漂鴨綠　嫩叢（どんそう）は鴨緑を漂はせ、
細蕋簇鵝黄　細蕋（さいずい）は鵝黄を簇（あつ）む。
既免櫻桃妬　既に桜桃の妬を免かれ、
亦先蘭蕙芳　亦た蘭蕙の芳に先んず。
北窗高臥處　北窓高臥せる処に、
不斷送清香　断えず清香を送る。

【押韻】粧、黄、芳、香（平聲陽韻）。五言律詩。

【題意】夏に咲く菊の良さを述べている。

【通釈】
菊は涼しい秋の花といわれているが、
真夏に咲いてくれるものもかわいいものだ。

わか葉の草むらは、かもの首の色のような緑色をしていて、
細いおしべめしべは、がちょうのひなのような黄色を集めている。
もはや桜や桃の花はすんでしまって、それらのあでやかさと美しさをねたむ必要はなく、
またかおり草の花の咲く前に、よいにおいをかおらせてくれる。
世俗をはなれたくらしをしている、私の北向きの書斎の窓へ、
たえまなく清らかなかおりをただよわせてくれるのはうれしい。

【語釈】

○涼秋―涼しい秋。○盛夏―真夏。○嫩（どん）―わかくてよわい。やわらか。○鴨緑（おうりょく）―鴨の首の色から転じて、緑色をいう。○鵝黄（がこう）―がちょうのひなの羽毛が黄色で美しいところから、黄色で美しいもののたとえ。○桜桃―さくらともも。○妬（と）―ねたむ。そねむ。○蘭蕙―蕙蘭と同じ。かおり草。○北窓―北向きの窓。（書斎）。北窓三友が、琴、酒、詩をいうのを意識して用いたか。○高臥―世俗をはなれてくらす。○清香―清らかなかおり。

【余説】

○北窓―白居易の「北窓三友」を意識して用いた句であろう。「北窓三友」（白居易作品の番号2985番、『白氏文集の批判的研究』花房英樹著、朋友書店　昭和四九年再版「綜合作品表」（六四一頁）による）は「北窓の下で、琴と酒と詩を友として楽しんでいること」を述べた詩。詩中に、陶淵明（詩）、栄啓期（琴）、劉伯倫（酒）は我が師であるといっている。
白居易、六二歳、洛陽での作。白居易は李白、杜甫、韓愈と並ぶ中国唐代を代表する詩人（白居易については、三三頁

【人名】を参照されたい）。

○蘭蕙―ラン科シンビジューム属にぞくする、中国南部、台湾、日本南部原産の一茎多花の東洋蘭で、主に斑入りの葉を観賞の対象とする。花には芳香があり、花色も変化に豊んでいて、白、黄、桃色、などがあり、覆輪花、中透け花が見られる。

蘭蕙の栽培は、奈良時代に中国から遣唐使や留学僧がもち帰ったことに始まるとされ、鎌倉、江戸と盛んに行なわれた。特に、江戸時代後期には、斑入りのものが流行し、「番付」が作られるほどであった。

瓶中梅　　瓶中の梅　（032）〈一九歳作〉

玉骨氷姿一朶春　玉骨氷姿　一朶の春、

斜篸瓶裡放香新　斜めに瓶裡に篸すれば放香新たなり。

愛君能耐風霜苦　愛す　君のよく風霜の苦に耐ゆるを、

況又坐無半點塵　況んやまた坐して半点の塵無きを。

【押韻】春、新、塵（平聲眞韻）。七言絶句。

【題意】花瓶に生けた梅の花は風と霜の苦難によく耐えて清らかで美しく咲いている。

【通釈】

高潔な人のような梅の一枝、清らかな美人のような梅の花、春がこの一枝にこめられているようだ。かたむきかげんに瓶に生けられて、新鮮な香りをふんわりとただよわせる。

私が好きなのは、梅が風と霜の苦難によく耐えて花開き、しかもその花は生けられても、わずかのけがれもない清らかな美しさであることである。

【語釈】

○「玉骨氷姿」―「玉骨」は①高潔な風采、りっぱな人柄。②梅の木。「氷姿」は「冰肌」ともいう。氷のように清らかな姿。梅の花を形容していう。○一朶―一枝。○蔘（しん）―長短そろわないさま。○瓶裡（へいり）―瓶の中。裡は裏と同じ。○風霜（ふうそう）―風と霜。困難、苦難のたとえ。○坐―すわる。○半点（はんてん）―少しばかり。

【人名】

○周紫芝（一〇八一～？）―字は少隠、号は竹坡老人。宣城（安徽省）の人。『竹坡詩話』（『歴代詩話　一』第六冊（何文煥訂　藝文印書館、一九九頁））に「冰肌玉骨清くして汗無し、水殿風来たりなば、暗香満つ」とある。なお、『津逮秘書』三五、『百川学海』一八、『説郛』八五にも収録。他に『竹坡詞』三巻がある。（『中国詩話辞典』北京出版社、一九九五年）

【余説】

○「氷肌」は『荘子』の逍遥遊にみえる藐姑射（はこや）の神人は「肌膚は冰の若く、淖約として処子の若し」（その肌は氷雪のように純白で、処女のようにじゅうなんである）とあり、「玉骨」は杜甫の「徐卿二子歌」（集巻一〇）「秋水を神と為し玉を骨と為す」（顔色はすきとおり秋の水を精神とし玉を骨としておる様に見える）とあり、これらは人肌のことであり梅の形容ではない。蘇軾の『東坡楽府』に「洞仙歌」は二首ある。第一首に、「江南臘盡、早梅花開後、分付新春與垂柳、細腰肢自有入格、風流仍更、是骨躰清英雅秀」（以下略）とあり、第二首に、「冰肌玉骨、自清涼無汗、水殿風來、暗香滿　繡簾開、一点名月窺人、人未寢　攲枕釵横鬢亂」。（冰の肌に　玉なす骨、自ら清涼にして汗も無し）〈氷の肌に玉の骨、美人のからだには、おのずから清涼の気があふれて［暑気消えやらぬ夜に］汗ばみさえもしていない〉とある。『蘇東坡』（漢詩大系17、集英社、一九六四年、二一〇・二一一頁）。蘇軾の詩を『唐宋詩醇』で調べてみると「花梅」が六首（うち紅梅一首を含む）、「牡丹」が三首見える（もちろん蘇東坡全集には六首より多くの作品があるが、左内が『唐宋詩醇』を見ていたことは確認出来ている）。『橋本景岳全集』下巻、「雑誌抄録類」の九「適意遇抄」の記事による（本書六四頁参照）。『東坡楽府』を見ていないと仮定すれば、左内は『竹坡詩話』から影響を受けたことになるかも知れない。

因みに、「洞歌仙」では、第二首の注釈が一般に紹介されているようである（例えば、前掲『蘇東坡』、『歴代名詞選』（漢詩大系24、集英社、一九六五年）など。なお、二書の解釈には相違点がかなりある）。なお、第一首が取り上げられない理由は未詳である。

【余説】

◎左内が梅を愛したことは、次の詩にも見える（以下の「花」は主に題名による調査である）。

9番「雪中探楳、分韻得庚、緒方氏席上」（雪中の探梅、韻を分かちて庚を得たり。緒方氏の席上）。（注）○分韻―多人数集まって詩を作るとき、韻字を一つずつ書いた紙札をくじ引きして、それぞれが得た韻字で詩を作る。探韻、韻籤ともいう。○緒方氏―緒方洪庵（一八一〇～一八六三）。江戸末期の蘭医。大阪で医業を開き、適塾を設けた。左内は適塾に学んだ。その折のことを詠じている。

30番「野逕尋梅見小春」（野逕梅を尋ねて小春を見る）〈七言律詩〉。ほかに、52番「瓶梅」（瓶の梅）〈七絶〉、193番「謝某君見贈梅花」（某君の梅花を贈らるるを謝す）〈七絶〉、196番「梅花」（梅の花）〈五言二〇句〉がある。

◎蓮の詩もある。28番「曉過蓮池」（暁に蓮池を過ぎる）〈七言律詩〉。
◎桜の詩はかなりある。11番「與適塾諸友遊櫻社」（適塾の諸友と桜社に遊ぶ）〈七絶〉、232番・233番・234番「櫻花」〈三首は七律〉。なお、本書所収の210番「花時招友人飲　作醉歌一章」（花の時　友人を招きて飲み酔歌一章を作る）は桜の花を含む。
◎石菖蒲の詩は272番・273番「石菖蒲」〈共に七絶〉。
◎牽牛花（あさがお）の詩は113番・386番・387番「牽牛花」〈三首は七絶〉。
◎海棠の詩は44番〈七律〉。206番「春詞、戯倣坡體」（春の詞　戯れに坡体に倣ふ）〈七古〉の詩にも見える。
◎菜花の詩は55番、「菜花」〈七絶〉。
◎鶏冠花（けいとう）の詩は388番「鶏冠花」〈七律〉。
◎楊花（柳花・柳絮）の詩は277番「楊花」〈七絶〉。
◎芍薬の詩は330番・「賜内園芍藥恭賦謝」（内園の芍薬を賜ふ　恭しく賦して謝す）〈七律〉。
◎「落花」（落花狼藉を見ての感慨を詠う）の詩は226番・227番・228番〈三首は七律〉。

【一　「花」のまとめ】

左内は、梅、菊、蓮など清楚な花を愛したことが判る。それは、中国の文学者が愛した花であるということが左内の教養と好みと相まって美意識を誘発しているということがあったかも知れない。
ともかく、多くの花を詠じているところを見ると、左内は花を愛する感受性豊かな詩人であると思う。

二　風景

松間待月　　松間月を待つ　（０４９）〈二〇歳作〉

松下待明月　松下　明月を待てば、
月輪雲外生　月輪　雲外に生ず。
入枝金亂碎　枝に入り　金（こがね）乱砕し、
映水鏡澄清　水に映り　鏡澄清たり。
不覺酷炎惱　覚えず　酷炎に悩むを、
只觀宿鳥驚　ただ観る　宿鳥驚くを。
杳然忘世累　杳然　世累を忘れ、
自訝到瑤京　みずから訝る　瑶京に到るかと。

【押韻】生、清、驚、京（平聲庚韻）。五言律詩。
【題意】松林の中で月を待つ
【通釈】
松の木の下で、中秋の名月を待っていると、
丸い月が雲間から現れてきた。
松の枝を通して見れば、こがねのような月が乱れくだけているようで、

水面に映っているのを見れば、月は鏡のように澄んで清らかである。（こうして月を眺めていると）きびしい暑さに悩むことがあったとは想像もできない。ただ、ねぐらにいる鳥が明るさに驚いて騒ぐのを見い出すだけである。はるか遠くの月を眺めていると、世の中のわずらわしさを忘れ、自分が仙人の住む宮殿に来ているのかとうたがうほどである。

【語釈】

○明月─陰暦八月十五日夜の月。○月輪─月をいう。○乱砕（らんさい）─散らばりくだける。○澄清（ちょうせい）─すんできよらかなこと。○覚─知る。○酷炎（こくえん）─きびしいあつさ。○宿鳥─ねぐらで寝ている鳥。○杳然（ようぜん）─はるかなさま。遠いさま。○世累（せいるい）─世の中のわずらい。世間の俗事。○訝（いぶかる）─うたがいあやしむ。○瑶京（ようけい）─仙人の住んでいる宮殿。

【余説】

月を見ていろいろと描写しているうちに、玲瓏たる月に魅せられて、空想の世界に迷い込んでしまったというのであろう。

晩春

晩春　（054）　〈二〇歳作〉

茅屋人稀晝亦扃　茅屋人稀れにして昼また扃（けい）す、

先生門外柳青々　先生の門外　柳青々たり。

風蝶逐芳頻亂舞　風蝶は芳を追いて頻りに乱舞し、
雨蜂委地暫休翎　雨蜂は地に委ねて暫く翎（れい）を休む。
愁如花落拂還滿　愁ひは花落の如く払へども還た満ち、
春似水流駐不停　春は水流に似て駐むれども停らず。
好爲吟遊徒費日　好んで吟遊を為し徒らに日を費す、
案頭常對聖賢經　案頭常に対す　聖賢の經。

【押韻】扃、青、翎、停、經（平聲青韻）。七言律詩。

【題意】晩春の静かな庭先の風景を見ながら、出世を考え少しばかり焦っている気持ちを述べる。

【通釈】


わが家には、人の訪れることがまれで、昼も戸を閉ざしたままである。

そんなあるじに反して、門前の柳は青々と茂っていきおいがよい。

風に吹かれるように飛ぶ蝶は、花を求めて、ひっきりなしに入り乱れて舞い、
雨にぬれた蜂は、地面にかがみ込んで、しばらく羽を休めている。

かなしみは、散る花のように、次々と積み重なって、ぬぐい去ってもまた胸一杯になってしまう。

春の風情は、川の流れに似て、過ぎ去って行くのをとめようとしてもとめられない。

私は詩歌をうたう楽しみが好きで、日々をむだに使っている。

（本当は、国家、社会のために役立つ活躍をしたいのだが、未だ機会を得ない。将来に備えて）

机の上には、儒教の経典があり、いつもそれと向き合っている。

【語釈】

○晩春—春の末。陰暦三月の称。○茅屋—かやぶきの家。自分の家の謙称。○扃（けい）—かんぬき。転じて門戸を閉じる意。○先生—①教師、師匠。②人をからかう気持、あるいは軽蔑して呼ぶ語。いまは、①と②を兼ねて用いる。○風蝶（ふうちょう）—風に吹かれてとぶ蝶。○芳—かおり。転じて花。○乱舞—入り乱れて舞う。○雨蜂（うほう）—雨にぬれた蜂。○委—しおれる。かがめる。○翎（れい）—はね。○花落—落花。散り落ちる花。○払—はらいのける。ぬぐいさる。○駐—とどめる。○停—とどまる。○吟遊—詩歌をうたうことを楽しむ。○徒—むなしく。むだに。○案頭（あんとう）—つくえの上。○聖賢経—聖人と賢人の著した書。儒教の経典（左内の書翰などを見ると四書（大学、論語、孟子、中庸）の他、『資治通鑑』『八家文』『通議』（『通書』か？）等であると思われる）。

【余説】

頷聯（三、四句）の対句で、春の自然を客観的に述べ、頸聯（五、六句）の対句で、作者の主観を述べている。尾聯（七、八句）で、徒に日を費やしつつ、常に聖賢の経に対す。とは左内の志、抱負を述べているものと思う。

秋風　　秋の風　（０５７）　〈二〇歳作〉

無端窗外起颷風　端無くも窓外颷風起こり、

偏怪蕭々落井桐　偏に怪しむ蕭々として井桐落つるを。

砧韵衣寒悲旅客　砧韻衣寒　旅客を悲しましめ、

月光秋淨悦詩翁　月光秋浄　詩翁を悦ばしむ。
一叢綠散橋邊柳　一叢緑散ず　橋辺の柳、
千樹紅飄嶺上楓　千樹紅飄る　嶺上の楓。
卽使蓴鱸肥且旨　即ち蓴鱸をして肥へかつ旨からしむ、
不須罷仕返江東　須いず　仕へを罷めて江東に返るを。

【押韻】風、桐、翁、楓、東（平聲東韻）。七言律詩。

【題意】秋風の吹く様子に寄せて、自分の志を述べる。

【通釈】

はからずも窓の外でつむじ風がまきあがり、
まったく不思議なことに、井戸のそばの桐が、いっせいに葉を落としてさびしい冬枯れの姿になってしまった。
きぬたの音と衣服をとおす寒さは、旅人を悲しい気持ちにさせ、
月の光と秋のきよらかさは、詩を作る老人をよろこばせる。
橋のそばにある柳は、一つの緑の茂みであった葉を散らしており
山の頂上近くの楓は、多くの樹々から紅のもみじをひらひら落とす
この晩秋の季節は、じゅんさいとすずきが肥えふとり旨くなる時である。
しかし、そのために勤めをやめ故郷へ帰ろうとは思わない（男子には、もっと大きな望みがあるべきである）。

【語釈】

○無端（はしなくも）—思いがけなく。○颯風（ひょうふう）—つむじ風。颯と飆は同じ字。○蕭々—ものさびしいさまの形容。○井桐（せいとう）—井戸のそばの桐。○砧韵（ちんいん）—きぬたを打つ音。韵は韻と同字。○衣寒—衣服を通して感ずるきびしい寒さ。○秋浄—秋の清らかさ。○詩翁—詩を作る爺さん。○蓴鱸（じゅんろ）—じゅんさいとすずき。蓴羹鱸膾をさす。じゅんさいの吸い物と鱸のなます。晋の張翰がこの二つの故郷の名産を味わおうとして官をやめて帰郷した故事をふまえる。○不須（もちいず）—必要としない。○江東—揚子江下流の南岸地方をいう。ここでは張翰の故郷を指し、同時に作者の故郷を意味する。

【人名】

○張翰（約二五八〜三一九）—字は季鷹、呉郡呉の人なり。（中略）斉王冏に辟せられて大司馬東曹掾となる。（中略）翰、秋風の起こるを見るに因って、すなわち呉中の菰菜、蓴羹鱸膾を思い、曰く、「人生志に適い得るを貴ぶ、何ぞよく宦数千里を羈し、もって名爵を要せんや」と、遂に駕を命じて帰る（『晋書』巻九二、文苑伝）。

【余説】

○末句によって、左内の政治に関する意欲がうかがわれる。

【三 「風景」のまとめ】

三作品とも二〇歳の作である。いずれの作品も自然描写が巧みである。そして、末句に将来雄飛することを夢見る左内の顔が覗いている。

三　家族

弟子維常好講兵籍。今將遠游。賦以爲別。○安政四年。（087）〈二四歳作〉

弟子維常好んで兵籍を講ず。今将に遠游せんとす。賦して以って別れを為す。

觀感此行應有益　観感す　この行まさに益あるべし、

莫將空理談兵籍　空理を将（も）って兵籍を談ずる莫かれ。

海東五十又三程　海東五十又三程、

多是虎爭龍鬪迹　多くは是れ虎争竜闘の跡。

【押韻】益、籍、迹（入聲陌韻）。七言絶句。

【題意】末弟綱常は兵法の書を読むのが好きである。今から遠くへ学問をしに行こうとしている。詩を作って送別のはなむけとする。（二首の中その一）

【通釈】

考えてみると、今回の修業の旅は有益なものであるように感ぜられる。

実際とかけはなれた理論によって軍書を議論してはいけない。

途中の東海道五十三次のみちのりは、

方々に、戦国時代の英雄たちが戦いあった史跡がある（それらを実地で見て兵法の勉強に役立てなさい）。

【語釈】

◎橋本家には、長兄綱紀（つなのり）＝左内、弟綱維（つなこれ）と綱常（つなつね）がおり、左内の没後、弟は共に医師になった。綱維は明治一一年大阪鎮台病院長となったが、同年に三八歳で病死した（『橋本左内と弟綱常―平成二〇年夏季特別陳列』福井市立郷土歴史博物館編・発行、序文）。題字の維常（これつね）の「維」は「綱」の誤植であると思われる。従って、この詩は綱常に対して詠っている作品であるとして注釈する。

○弟子（ていし）―末子。綱常（一八四五～一九〇九）、左内の三弟。明治五年～明治一〇年プロシャ（ドイツ）に留学。帰朝後、東京帝国大学医学部教授、陸軍軍医総監、日本赤十字社病院長を歴任。医学博士。子爵。人物伝に『博愛社から日赤へ―建設期の赤十字人　橋本綱常博士の生涯』（松平永芳著、福井市立郷土歴史博物館、一九八八年）がある。また、日本赤十字社　福井支部赤十字病院の前庭に、同病院の創立一三〇周年を記念して、二〇一八年七月二四日に「橋本綱常博士像」（笠原行雄作）が建立され、除幕式が行なわれた。像は胸像本体―青銅製（約六九cm）、台座本体―白御影石（約一三〇cm）、銘板黒御影石である。（『福井新聞』二〇一八年七月二五日2面）

○講―意味を明らかにしながら読む。○兵籍―兵法の書物。○遠游―遠く他郷へ行って学問する。ここでは福井から江戸へ行くことをさす。○別―送別。○観感（かんかん）―考えて心に感ずる。○空理―実際とかけ離れた、よりどころのない理論。○海東五十又三程―東海道五十三次のみちのり。○虎争龍闘―竜虎の争闘の意。竜虎は力の強いもののたとえ。争闘はあらそいたたかうこと。戦国時代の諸大名の抗争などをさす。

【余説】

詩題に「○安政四年」とあり、この年綱常は一二歳である。これによれば、当時の子供が若くして留学、勉学したことに驚かされる。なお、左内は末っ子の弟に対し、父親に代わって教訓を垂れているものと思われる。

仲秋臥病雜感　　仲秋病に臥す雑感（八首の中その三）（131）〈二五歳作〉

爲有慈親在故鄕　慈親有りと為すも故郷に在り、
每聞征雁轉悲傷　征雁を聞く毎に　うたた悲傷。
欲裁尺素問消息　尺素を裁たんと欲す　消息を問はんと、
萬里雲山望渺茫　万里の雲山　望　渺茫たり。

【押韻】郷、傷、茫（平聲陽韻）。七言絶句。
【題意】中秋（旧暦八月）病気で臥せっていてさまざまに思う。
【通釈】
　同じく（八首の中　その三）
母親がいるのだが、ふるさとに残って居るから、
雁が空を飛んで行く声を聞くたびに、いよいよ心は悲しみ痛む。
手紙を書いて様子を尋ねようとして、
遥か遠くの、雲のような山々を見ると、眺めはかすかではてしない。
【語釈】
○慈親（じしん）—慈悲深い親。○征雁（せいがん）—飛んで行くかりがね。○転（うたた）—いよいよ。○悲傷（ひしょう）—悲しみいたむ。○裁（たつ）—布を裁ち切る。○尺素（せきそ）—手紙。素は絹。昔は絹に文字を書いた。○消息（しょうそく）—様子。事情。○万里（ばんり）—きわめて遠くはなれた所。○雲山—雲のように見える遠い

山。○望（ぼう）―遠く見渡す。○渺茫（びょうぼう）―遠くかすかなさま。

【余説】

病後で、心身ともに弱った左内は、雁の鳴き声を聞くことで、望郷の念が強くわき起こったものと同情される。

十五日獲郷書　　十五日郷書を獲たり（166）〈二六歳作〉

旦聽乾鵲噪　旦に聴く　乾鵲噪ぎ、
心擬遠信臻　心は擬す　遠信臻ると。
亭午忽剝啄　亭午　忽ち剥啄し、
郷音認故人　郷音　故人を認む。」
初賀邦亡灾　初めに賀す　邦の亡災、
請休擔勞憂　請ふ休（いこ）へ　担労の憂ひ。
本月七日發　本月七日発し、
一日爲雪留　一日は雪の為に留まる。」
次呈一函書　次に呈す　一函の書、
心休平安字　心は休む　平安の字。
黄紙題弟名　黄紙は題す　弟の名、
花牋母手記　花牋は母の手記なり。

析緘承面命　析緘すれば面命を承く。
情眞不狭僞　情真にして偽（いつはり）を挟まず。
上言久相思　上言　久しく相ひ思ひ、
晤語在夢寐　晤語　夢寐に在り。
家私勿勞思　家私　労思する勿れ、
努力勵公義　努力し公義に励め。
義應先國家　義はまさに国家を先にすべし、
奉事勿貳志　奉事　弐志ある勿れ。
深懷君恩洪　深懐せよ　君恩の洪きを、
一飯是誰賜　一飯　是れ誰れの賜。
汝儻黷素餐　汝儻　素餐を嬻（けが）し、
汝父靈無愧　汝父の霊をば　愧（はづかし）むること無かれ。
聞汝冤未白　聞く　汝の冤未だ白ならずと、
愼毋出怨懟　慎みて　怨懟を出す毋れ。
惠廸必有吉　恵廸　必ず吉有り、
上天好是懿　上天　是懿を好む。
移孝能顯忠　孝を移し能く忠を顕せ、

汝死我翻憙　汝の死　我れ憙びに翻す。
下問及子維　下問　子維に及び、
三冬力講肄　三冬　講肄に力めよ。
兄訓當須嚴　兄訓　当に須厳たるべし、
因嫌勿隱避　嫌に因りて隠避する勿れ。
中敍口碑傳　中に叙す　口碑の伝、
又陳錢穀事　又陳ず　銭穀の事。
處處加夾註　処々　夾註を加へ、
往往雜諧戲　往々　諧戯を雑ふ。
字曲如秋蚓　字曲　秋蚓の如く、
柔和饒雅致　柔和　雅致　饒かなり。」
反覆三四回　反覆す　三四回、
卷舒涙泫然　巻舒し　涙泫然たり。
燒膏再細讀　膏を焼き再び再読すれば、
音容在目前　音容目前に在り。
規逾斷機功　規は逾ゆ　断機の功、
慮倍截髮賢　慮は倍す　截髪の賢。

與其傷風樹　其の風樹を傷まんよりは、
孰若惴氷淵　いずれぞ　氷淵を惴るるに。」
省躬顙有泚　躬を省みれば顙に泚有り、
圖報數搔首　報を図りしばしば搔首す。
才學眞笨拙　才学真に笨拙なり、
名豈垂不朽　名あに不朽に垂れん。
何時棠棣花　何れの時にか棠棣の花、
親愛如雙手　親愛　双手の如くせん。
何時連理枝　何れの時にか　連理の枝、
伉儷迎新婦　伉儷　新婦を迎へん。
何時紅蘭署　何れの時にか　紅蘭の署、
田里解組綬　田里　組綬を解かん。
春風花發時　春風　花発（ひら）くの時、
恭獻南山壽　恭献す　南山の寿。」

【押韻】

（一～四句）臻、人（平聲眞韻）、（五～八句）憂、留（平聲尤韻）、（九～四〇句）字、記、僞、寐、義、志、賜、愧、懟、懿、憙、肆、避、事、戯、致（去聲寘韻）、（四一～四八句）然、前、賢、淵（平聲先韻）、（四九～六〇句）首、朽、手、婦、綬、壽（上聲有韻）。五言古詩。六〇句。換韻格。

【題意】十五日故郷の便りを得た。

【通釈】

明け方、かささぎの鳴き騒ぐのを聞き、
心の中で遠方からの便りがやって来るのを期待した。
正午に、突然こつこつと戸をたたく音がして、
国なまりの言葉から、昔の知人と分かった。
初めに、郷里に災害のないことを祝い、
どうぞ、荷物を下ろして疲れを休めたまえとあいさつした。
今月七日に出発し、
一日は雪の為に動けなかったとの話。
次いで、一通の封書が差し出された。
私の心は、まず平安の文字を見てやすらぐ。
黄色の紙には弟の名が記され、
花模様の紙は母上の書かれたもの。
封を破って読むと面前で話を聞くようで、
真実の気持ちが溢れ、うそいつわりがまじっていない。

初めに述べてあるのは、長い間私の身の上を思って、
　語り合っている夢を見たとのこと。
家の財産のことを思いわずらわずに、
力を尽くして、役所の務めに励みなさい。
義理は当然国家のことを優先すべきで、
仕事をつつしんで行い、裏切ってはなりません。
深く君主のご恩の多いことを思い、
日々の食事は誰のおかげであるのか考えなさい。
お前たちは禄盗人になって、
お父さんの霊を辱めるようなことをしてくれるな。
お前の無実の罪がまだ晴れないそうだが、
決して恨みに思ってはいけません。
素直な行いには必ずよいことがあり、
天の神様は正しく立派な行いをこのまれます。
孝行の代わりに忠義で名を挙げなさい、
そのために、お前が死んでも私はうれしく思います。
問いただすのは、子としてのおきてに及んで、

冬の三ヶ月、学習につとめなさい。
兄としての教訓は、まず厳格であること。
嫌だからといって、逃げ隠れしてはいけません。
中ほどには、家の言い伝えを述べ、
又続けては、税金のことが書いてある。
ところどころに注釈をさしはさみ、
ときどきは冗談を交えている。
字は曲がりくねってみみずのようで、
柔らかで上品な気分が多くただよう。
繰り返し読むこと三、四回、
手紙を巻き戻しつつ、涙がはらはらと流れ落ちる。
油を継ぎたして、再び丁寧に読み直すと、
母上の声と姿がありありと浮かんでくる。
いましめは、孟子の母の織りかけの布を断ち切った適切な教訓を上回り、
心配りは、髪を截った、陶侃の母の賢さに倍するものがある。
風樹の嘆（父がいらっしゃらないこと）を悲しむよりは、
薄氷を踏む思いでつつしみおそれて（勤めに）つとめよう。

自身をかえりみるとき、ひたいには冷や汗がでるし、
恩に報いようと思っても十分なことが出来ず心の落ち着かぬままに頭をかく。
才能が劣り、学問が浅く、
どうして後世に名を残すようなことができよう。
いつの日にか、にわうめの花がいくつも集まっているように兄弟仲良くして、
自分の両手のように親しみ愛したいものだ。
いつの日にか、連理の枝のように、
花嫁を迎えて、仲の良い夫婦となって親を安心させたいものだ。
いつの日にか、華やかな側近役をしりぞいて、
ふるさとに帰って、自由な身になりたいものだ。
春風が吹き、花の開く時を願って、
つつしんで母上の長寿をお祝い申し上げます。

【語釈】

○獲（える）―手に入れる。○乾鵲（けんじゃく）―かささぎ。○噪（さわぐ）―さわがしい。噪は譟の俗字。○擬（ぎ）―おしはかる。○臻（いたる）―やってくる。○亭午（ていご）―正午。亭はあたる、または至るの意。○剥啄（はくたく）―こつこついう音。○郷音（きょうおん）―郷里のことばの発音。国なまり。○亡災（ぼうさい）―わざわいのないこと。亡は無と同じ。灾は災の別体。○担労（たんろう）―荷をかつぐ。○憂（うれい）―つらいこと。○

留（とどまる）―動かない。○函―封書。○題―しるす。○花牋（かせん）―花もようのある美しい紙。○手記―自分で書くこと。○析緘（せっかん）―封をやぶる。○面命（めんめい）―面前で直接いいつける。○偽（いつわり）―うそ。○上言（じょうげん）―はじめに述べてある。○晤語（ごご）―語り合う。○夢寐（むび）―寝て夢に見る。○家私（かし）―家の財産。○労思（ろうし）―思いわずらう。○公義―役所の勤め。○義―人としてふみ行うべき道。○奉事―ものごとをつつしんでうける。○弐志（じし）―うらぎる。○深懐（しんかい）―深く考える。○洪（おおきい）―多い。○賜（たまもの）―めぐみ。おかげ。○汝儻（じょとう）―おまえたち。○嬻―けがす。黷は辞書に無し。「嬻」として解釈した。○素餐（そさん）―才能がないのに俸禄を受ける。○媿（はずかしめる）―媿は愧の本字。○冤（えん）―無実の罪。寃は冤の俗字。○白―明らかにする。○怨懟（えんつい）―うらみ。○恵迪（けいてき）―すなおな行い。○是懿（ぜい）―正しく立派なこと。○移（うつす）―うごかす。○翻（ひるがえす）―ひっくりかえす。○憙―よろこび。喜の別体。○下問―自分より身分の低いものにたずねる。○子維（しい）―子としてのおきて。○三冬―冬の三か月。○講肄（こうい）―学習。○兄訓―兄としてのいましめ。○因（よる）―もとずく。○嫌（けん）―不満に思う。○隠避（いんひ）―逃げ隠れする。○中叙（ちゅうじょ）―なかほどにのべる。○口碑（こうひ）―言い伝え。○陳（のべる）―つらねる。○銭穀（せんこく）―貨幣および穀物で納められる租税。○夾註（きょうちゅう）―注釈をさしはさむ。○諧戯（かいぎ）―じょうだん。○秋蚓（しゅういん）―みみず。蚯蚓の蚯と秋と同韻なので通用した。○饒（ゆたか）―多い。○雅致（がち）―上品な気分。○巻舒（けんじょ）―捲いたり延ばしたりする。○泫然（げんぜん）―なみだをはらはらとながすさま。○焼（やく）―もやす。○細読―くわしく読む。○音容―声と形。おもかげ。○規―いましめ。○逾（こえる）―こす。○断機（だんき）―学問を途中でやめることに対するいましめ。孟子が遊学して学業の完成しないうちに帰郷したとき、孟子の母が織りかけの布を断ち切って学問を中断するのはこれと同じだと孟子をいましめた故事（「烈女伝」）。○切（せつ）―ぴったり。適切。○截髪（せっぱつ）―客を歓待すること。○晋の陶侃（とうかん）の母（晋書巻九十六）が突然の来客をもてなすために髪を切って金に換え酒を買ってきた故事（『晋書』巻六六、陶侃伝）。○与其…孰若〜―…するよりは〜する方がよい。○風樹の嘆―子が親に孝養をつくそうと思っても親がすでに死んで孝養をつくせない悲しみ（嘆き）（『韓詩外伝』巻九）。この四句の場合、左内は父親のことをいっていると思われる。左内の父・彦也は四八歳で、嘉永五（一八五二）年一〇月八日、左内一九歳の時に亡くなった（一一月左内は家督を相続）。○惴（おそれる）―びくびくする。○氷淵（ひょうえん）―『詩経』小雅「小旻」に「戰戰兢兢、如臨深淵、如履薄氷」（戦々兢々として、深淵に臨むが如く、薄氷を履むが如し）とある。また、『孝経』諸侯章第三に「詩云」として、この句を引く。おそらく、詩経の句を意識していったものであろう。○顙（そう）―ひたい。○泚（し）―汗のでるさま。『孟子』滕文公篇に、其の顙に泚（あせ）出でたるありて睨（ななめにみ）て視ず、とあるのによる。○数（しばしば）―たびたび。○搔首（そうしゅ）―頭をかく。心が落着かないときのさま。○笨拙（ほんせつ）―そまつでつたない。○棠棣（とうてい）―にわざくら。にわうめの一種。棣鄂の情は、にわうめの花はいくつも集まって美しく咲くので、兄弟相和するのにたとえる（『詩経』小雅「棠棣」の詩）。○連理枝（れんりのえだ）―根や幹は別の木で枝が続いて一つになっているもの。夫婦や男女のちぎりのかたいたとえ。白居易の「長恨歌」（全一二〇句）の第一一八句に、「在地願爲連理枝」（地に在りては願わくは連理の枝と為らん）とある。○伉儷（こうれい）―つれあい。夫婦。○紅蘭署―紅蘭は花の紅色な蘭。蘭署は唐代には秘書省をいう。漢代以降、一般には御史台をいう（ここは華やかな側近の意か）。○田里（でんり）―田地と宅地。転じて故郷をいう。

○組綬（そじゅ）—印を腰につるす組み紐。解綬で官職をやめる意。○恭献（きょうけん）—つつしんで申し上げる。
○南山寿（南山の寿）—周南山が崩れないと同じく、事業の長く堅固で続くこと。転じて長寿を祝う言葉（『詩経』小雅「天保」第六章にある語）。

【人名】
○孟子—孟軻氏。①【人物】前三七二～前二八九頃の人。戦国時代の思想家。魯の鄒（今の山東省鄒県地方）の人。名は軻、字は子輿。また、子車、子居ともいう。子思（孔子の孫）の弟子に学び、のち諸国を周遊して性善説をとなえ、王道・仁義を説いた。亜聖といわれる。②【書籍】書名。一四巻。孟子の言行や学説を記したもの。一三経の一つで、また四書の一つ。古くは孟子①と区別して「もうじ」とも読んだ。
左内に、175番「讀孟子自詠」（孟子を読みて自ら詠ふ）（七律）がある（注目したい作品である）。儒家を目標として励むことを述べる。孟子の公孫丑篇、梁恵王篇、離婁篇、盡心篇の文章をふまえていう。
○白居易（七七二～八四六）—中唐の詩人。名は居易。字は楽天。みずから香山居士・酔吟先生先生と号した。代宗の大暦七年、鄭州（河南）の新鄭県で生まれた（杜甫の死後二年）。貞元一六年（八〇〇、二九歳）進士に及第し、一九年試判抜萃科に及第して校書郎となり、憲宗の元和元年（八〇六、三六歳）盩厔県尉となり、この年、「長恨歌」を作った。その後、長い官僚生活を経て、会昌二年（八四二、七一歳）刑部尚書をもって致仕した。同六年没。年七五。尚書左僕射を贈られ、一一月龍門に葬られた。詩は元稹と並んで元白と称せられ、元軽白俗の評があるが、平易明快で、大衆の感情に訴えるところの多いのが特色である。長恨歌・琵琶行が代表作とされ喧伝せられているが、秦中吟、新楽府などの諷諭詩にも力を注いだ。それは社会を詠じ政治を批判して、杜甫の開いた写実的社会詩の流れを継承発展させたものである。その詩文を集めたものを白氏文集（七五巻、現存七一巻）といい、また、白氏長慶集・白香山集と呼んでいる。

＊元稹と白居易は三〇年に及ぶ長い間親友として詩の遣り取りをした。それらの作品を「元白唱和詩」という。近刊『元白唱和詩研究』（前川幸雄著、朋友書店）を参照して頂きたい。

【余説】

待ち望んでいた郷里からの便りを得たよろこびを書き記す。全六〇句にわたり、母と左内との心の動きがつぶさに述べられており、読む者の心を打つ。

【三「家族」のまとめ】

弟に対して父に代わって兄としての教訓を垂れていることには左内の兄としての責任感が見られる。一方、病気のとき、望郷の思いと母を思うこと、左内に来た手紙などを見ると、青年左内にとっては、何と言っても、母が心の支えであったことが判る。

また、「十五日獲郷書」五三〜五八句には、左内の本心が書かれているが、それは実現されることはなかった。誠に痛ましいことである。

四　抱負

書懐　　懐を書す（100）〈二一五歳作〉

筮仕得君逢聖明　筮仕君を得て聖明に逢ひ、
撫躬常愧負恩榮　撫躬常に愧づ　恩栄に負くを。
上書狂直汰庸吏　書を上つりて狂直庸吏を汰（よな）ぎ、
承乏菲才職監釁　乏しきを承けて菲才監釁を職（つかさど）る。
誰認祖山穿鐵礦　誰か認めん祖山にて鉄鉱を穿たんことを、
吾於大海掣鯢鯨　吾は大海に於いて鯢鯨を掣（と）る。
洋行禁紓知非遠　洋行の禁紓　遠きに非ざるを知り、
要掛春帆泛太平　要す　春帆を掛けて太平に泛ばんことを。

【押韻】明、榮、釁、鯨、平（平聲庚韻）。七言律詩。

【題意】身に余る自分の現状を述べ、将来の展望を述べる、若さに溢れる左内の様子が見られる。

【通釈】
初めて仕官して、すぐれた明君に仕えることになり、
安心するとともに、いつも君主から受ける名誉にそぐわないことを恥じている。
真っ正直にも、役立たぬ役人を選り分けるよう意見を上申し、

才能の劣る私が、身に余る学校長の職をお受けした。
しかし、ふるさとの美しい山で、鉄の鉱山を掘ることは誰も認めないだろうが。
私は大きな海の中で鯨を捕りたい（そういう大きな仕事をしたい）。
欧米への渡航の禁止令も遠からず解除されるだろう、
太平洋の大海原を前途洋々たる気持ちで船を進めるときの来るのを願っている。

【語釈】

○書懐（しょかい）―思いを述べる。○筮仕（ぜいし）―はじめて仕官する。吉凶を占う習慣があった。○聖明―すぐれた聡明さ。○撫躬（ぶきゅう）―みずからやすんじる。○恩栄―君恩による光栄。○負（そむく）―期待をうらぎる。○上書―意見を上申する。○狂直（きょうちょく）―他人をはばからずに正しさをかたく守ること。○汰（よなげる）―水で洗って選び分ける。悪いものを取り去る。○庸吏（ようり）―すぐれたところのない、平凡な下級役人。○承乏―官に就任することをけんそんしていう。適任者がない空任をしばらく補充する意。○菲才―おとった才能。自分の才能の謙称。○監黌（かんこう）―学校長。○祖山―先祖の山。ふるさとの山。○穿（うがつ）―ほる。○鉄鉱（てっこう）―鉄の鉱山。磺は鉱の本字。○掣（とる）―取る。○鯢鯨（げいげい）―くじら。鯨はおすくじら。鯢はめすくじら。○洋行―欧米に行くこと。○禁紓（きんしょ）―禁止が解ける。

【余説】

○第五句の鉱山開発問題には意見の対立があったのかも知れない。99番「三日」の詩には、それを推測させるような表現が見られるが詳細は不詳。

○尾聯の二句は、左内の先見の明は、さすがと思わせる。

又　　また　（101）　〈二五歳作〉

寶刀傳祚武功巍　宝刀祚を伝へて武功巍く、
北虜東夷王化歸　北虜東夷王化に帰す。
一自埠關寛鎖鑰　一たび埠関をして鎖鑰を寛にせしより、
遂伻廷議誤樞機　遂に廷議をして枢機を誤らしむ。
相臣翻恨無秦檜　相臣翻恨して秦檜無く、
都督寧論不岳飛　都督寧論して岳飛たらず。
禦侮折衝今日是　禦悔の折衝は今日の是なり、
孰航西海耀皇威　たれか西海を航して皇威を耀かさん。

【押韻】巍、歸、機、飛、威（平聲微韻）。七言律詩。
【題意】思いを述べる。
【通釈】
宝刀が天子の位を伝え、将軍の武勇の名声が高く、
周辺の蛮族は天子の徳に感化されてきた。
それが、ひとたび、鎖国の禁をゆるめてからというもの、

遂に、今回の幕府の政策決定は肝心要めのところで誤ってしまった。文官は恨みの気持ちを翻して、秦檜のような和平論に徹するでなく、武将はのんびり議論をしていて、岳飛のような主戦論ではない。外国の来襲を防止するため、交渉することは今日の善ではあるが、（そのうちに）誰か西方の海を渡って、西洋に、皇国の威力を輝かしてほしいものだ。

【語釈】

○宝刀―皇位のしるしとして歴朝相伝えられた三種の神器、八咫の鏡、八坂の瓊玉、天叢雲剣の中の刀をいう。○伝祚（でんそ）―天皇の位を伝える。○武功―いくさのてがら。○巍（たかい）―高大なさま。○北虜（ほくりょ）―北の蛮族。○王化―君主の徳の感化。○帰―なつく。服従する。○埠関―波止場の関所。○鎖鑰（さやく）―錠前とかぎ。門や戸のしまり。○俾（…をして…しむ）―使役の助字。使とほぼ同じ。○廷議―朝廷の評議。政府の意見。○枢機（すうき）―物事の肝要なところ。機はいしゆみの引き金。かなめとなるもの。○相臣―大臣。○翻恨（ほんこん）―うらみの気持をひるがえす。○都督（ととく）―軍隊の総司令官。○寧論（ねいろん）―のんびりした議論。○禦侮（ぎょぶ）―外敵の来襲を防ぐこと。○折衝（せっしょう）―国際上の談判。○是（ぜ）―正しい。善。○皇威―皇国（天皇親政の国）の威力。

【人名】

○秦檜（しんかい）（一〇九〇～一一五五）―南宋の政治家。江寧の人。字は会之。高宗のとき宰相となり金国との和議を主張し、主戦論者を弾圧し、岳飛ら多数の人々を謀殺した。相となり一九年。晩年残忍最も甚だしかった。卒して申王を贈られ諡を忠献とされたが、寧宗のとき王爵を追奪され、改めて謬醜と諡された。

○岳飛（がくひ）（一一〇三〜一一四二）―南宋の忠臣。湯陰の人。字は鵬挙。母に孝養を尽くした。家貧しく学に力めた。最も左氏春秋、孫呉の兵法を好んだ。宣和中に敢戦士をもって応募した。後、高宗から「精忠岳飛」と大書した旗をたまわり、しばしば金軍を破ったが、平和論者の秦檜と意見が合わず、獄に入れられて死んだ。三九歳。諡は忠武。岳武穆集がある。秦檜、岳飛については、一部『中国人名大辞典』（泰興書局、一九三一年）による。

なお左内の号、景岳は岳飛を景慕するの意。景慕は仰ぎ慕う＝仰慕＝の意味。

【余説】

三句、鎖鑰を寛にするは、安政元年の日米和親条約（神奈川条約）を指すであろうし、四句、廷議枢機を誤るは、安政四年五月の下田条約締結、または、一二月の日米通商条約草案決定を指すと思われる。前者ならば、治外法権を与えたこと、後者ならばアメリカ領事ハリスの威嚇に屈したことが枢機を誤ったことになるが、どちらがよいか識者の御教示を待つ。

冬夜有感　（154番）　〈一五歳作〉

男兒平生志
留名照汗靑
碌碌老牖下
死當目不瞑

冬の夜　感有り

男児　平生の志、
名を留め汗青を照らす。
碌碌として牖下に老いれば、
死すとも当に目瞑せざるべし。

轗軻與榮達　轗軻と栄達とは、
譬猶醉而醒　譬ふれば猶ほ酔ひて醒むるがごとし。
醒醉須臾事　醒酔　須臾の事、
寧足累精靈　なんぞ足らん　精霊を累はすに。」
我本倜儻士　我はもと倜儻の士、
髫齔耽簡册　髫齔　簡冊に耽る。
常期竹帛功　常に期す　竹帛の功、
反悲飢寒迫　反って悲しむ　飢寒の迫るを。
[馬+危]兀二十年　[馬+危]兀　二十年、
荏苒駒過隙　荏苒として駒隙を過ぐ。
匪不加省察　省察を加へざるに匪ざるも、
動輙與物逆　動もすればすなわち物と逆らふ。
冷炙及殘杯　冷炙　残杯に及び、
酸辛悉呑咋　酸辛悉く呑咋す。
閻羅折棠棣　閻羅　棠棣を折り、
祝融崇園宅　祝融　園宅に崇る。
二豎潛膏肓　二豎　膏肓に潜み、

五鬼隱項脊　五鬼　項脊に隠れ。
所虧只一死　虧くる所はただ一死のみにして、
半生罹百厄　半生　百厄に罹る。」
百厄雖自困　百厄　自ら困しむと雖も、
向人不乞憐　人に向ひて憐れみを乞はず。
挑燈坐棐几　灯を挑げて棐几に坐し、
尙友有古賢　尚友　古賢に有り。
偉哉昌黎公　偉なるかな昌黎公、
上疏遭左遷　上疏　左遷に遭ふ。
貶謫不少屈　貶謫　少しも屈せず、
忠義貫坤乾　忠義　坤乾を貫く。
快讀忽達旦　快読　忽ち旦に達し、
坐覺輪囷宣　坐して覚ゆ　輪囷宣ぶるを。
膏燼燈漸白　膏燼きて灯漸く白み、
破窗雪翩翩　破窓　雪翩々たり。
今曉頗快樂　今暁頗る快楽にして、
香風報梅嗎　香風　梅嗎を報ず。」

【押韻】（一～八句）青、瞑、醒、靈（平聲青韻）、（九～二四句）册、迫、隙、逆、咋、宅、脊、厄（入聲陌韻）、（二五～三八句）憐、賢、遷、乾、宣、翩、嗎（平聲先韻）。

五言古詩。全三八句。換韻格。

【題意】冬の夜、感ずることがある。

【通釈】

男子として平素めざしているのは、
歴史に名を残すような仕事をして、書物にかがやかしく書き記してもらうことである。
碌に役に立たずに、家の中で年をとってしまっては、
死んでも死にきれない。
事が思うように進まないのと、栄えて高い地位に進むのとは、
たとえればちょうど、酒に酔うのと酔いから醒めるようなものだ。
酒に酔ったり醒めたりすることはしばらくの間のことで、
なにも、魂を煩わせるほどのことではない。
私は本来、他人に拘束されずに独立している人間である、
こどもの頃から書物を読みふけり、

いつも歴史に残る功績をあげようと心掛けてきたのに、
今や、悲しいかな、飢えと寒さにくるしむ囚われの身となってしまった。
思えば、あれこれゆれ動いて来た二十年である。
だらだらしているうちに、月日は早く過ぎてしまったものだ。
自分の行動には、反省を重ね、よく考えているつもりだが、
いつもいつも、物事はうまくは行かない。
残飯をあさるような恥ずかしい境遇になり、
世の中の苦しみをすべて呑み尽くしたような気がする。
閻魔は、咲きほこる庭梅のように華やかな命をうばい、
火の神は、立派な邸宅にわざわいをもたらす。
病が重くて治療のしようがないように、
また五匹の悪鬼が体内で暴れ回っているような手のほどこしようのない現状である。
いまや欠けているのは、たった一つの死があるだけで、
一生の半分、この二十五年間に百の災難にあったようだ。
百のわざわいで自然と苦しむとしても、
人に向かってあわれみを乞い願ったりはしない。
灯火をかき立てながら机に向かって坐り、

尊敬する友である、昔の賢人と語り合おう。
偉大であるなあ、昌黎公は、
天子に意見を申し上げて、官位を下げられ、地方に追いやられた。
その処罰にも少しも屈服することなく、
忠義の心は、天地を突き通すほど純粋であった。
韓愈の詩文を、気に入って読んでいる中に、早くも夜明けになってしまったが、
気持のわだかまりがすっかり解消したように思われる。
油もなくなり、灯火もそろそろ消えようとしている、
やぶれ窓の外では、雪がひらひらと舞っている。
今朝は大層気持がよい、
よいかおりの風が梅の花が開いたのを知らせてくれている。

【語釈】

○汗青（かんせい）—書籍。○照（てらす）—かげを映す。文天祥（一〇八頁参照）の「零丁洋を過る」の詩に、「円心を留取し汗青を照らす」の句がある。○碌碌（ろくろく）—役に立たぬさま。○牖下（ゆうか）—室内。牖はかべのまど。○瞑（めい）—目をつぶる。安心して死ぬ。○轗軻（かんか）—事が思うように運ばず不幸、不運のさま。○栄達—栄えて高い地位に進む。○酔（すい）—酒によう。○醒（せい）—酒の酔いがさめる。○須臾（しゅゆ）—しばらく。少しの間。○累（わずらわせる）—手数をかける。○精霊—たましい。○倜儻（てきとう）—物事に拘束されな

い。○髫齔（ちょうしん）—童子。たれがみをし、歯のぬけかわるころ。○耽（ふける）—度をこしてたのしむ。○簡冊—書物。○竹帛（ちくはく）—書物。○飢寒—うえとさむさ。○迫（せまる）—さしせまる。○臲兀（げつごつ）—ゆれ動いて不安なさま。○荏苒（じんぜん）—歳月が長びくさま。○駒過隙（くげきをすぐ）—月日の早くすぎること。『荘子』知北遊に「人生は白駒の隙を過ごるが如し」の句がある。白駒は光陰（時間）をさす。○匪（あらず）—否定の助字。非に通ずる。○加（くわえる）—重ねる。○省察（せいさつ）—反省してよく考える。○動（ややもすれば）—いつも。○輒（すなわち）—そのたびに。○逆（さからう）—そむく。○冷炙（れいしゃ）—冷えた焼肉。○残杯（ざんぱい）—飲み残しの酒。残杯冷炙で、はずべき待遇のたとえ。○酸辛（さんしん）—非常な苦しみ。○悉（ことごとく）—のこらず。○呑咋（どんさく）—飲むと食う。○閻羅（えんら）—地獄の王。人の生前の罪を判定して罰を加えるという。○棠棣（とうてい）—花樹の一種。にわざくらともにわうめともいう。○祝融（しゅくゆう）—火をつかさどる神。転じて火災。○祟（たたる）—神の下すわざわい。○園宅（えんたく）—庭のあるやしき。○二豎（にじゅ）—病魔。病気のたとえ。春秋時代に晋の景公が病気になり、夢でその病気が二人のこどもとなり、医者の治療できない箇所に隠れたという故事がある（「左伝」成公十年）。○膏肓（こうこう）—膏は胸の下の方、肓は胸部と腹部のあいだの薄い膜。膏と肓とのあいだは治療しにくい部分。○五鬼（ごき）—五種の窮鬼。智窮、学窮、文窮、命窮、交窮をいう（韓愈の「送窮文」参照）。○項脊（こうせき）—くびすじとせなか。○虧（かける）—欠ける。○半生（はんせい）—一生の半分。人生五〇年といわれた。当時作者は二五歳。○百厄—百のわざわい。○挑（かかげる）—かきたてる。○棐几（ひき）—かやの木の机。○尚友（しょういう）—古人を友とする意であるが、ここでは尊敬する友人をいう。○古賢—むかしの賢人。○上疏（じょうそ）—天子に文書を差し出す。○左遷（させん）—官位を下げる。○貶謫（へんたく）―官位を下げて処罰する。○忠義―君主や国家に対して真心を尽くす。○坤乾（こんけん）―天と地。○快読―心にかなった読書。○旦（あした）―夜明け。○輪囷（りんきん）―木の根などがぐねぐね曲がっているさま。○宣（のびる）―のびやかになる。○膏（あぶら）―ともしびをともす油。○燼（つきる）―もえてなくなる。○破窓（はそう）―やぶれた窓。○翩翩（へんぺん）―ひらひらする。○頗（すこぶる）―はなはだ。○香風（こうふう）―よいかおりのする風。○梅嗎（ばいえん）―梅の花がほころぶ。嗎は笑うさま。

【人名】

○韓愈（七六八〜八二四）―中唐の詩人、文章家。名は愈、字は退之、号は昌黎。儒教を崇び、特に孟子の功を激賞する。徳宗、憲宗、穆宗に仕え、官吏として幾多の功績を残した。長慶四年一二月に没した。年五七。諡は文。著に『韓昌黎集』四〇巻がある。唐宋八大家の第一人者。柳宗元と共に当時流行していた美文を排し、古文復興に力を注ぎ、韓柳と併称される。また、唐代の代表的詩人として「李（白）、杜（甫）、韓（愈）、白（居易）」と称されている。『新唐書』一七六、『旧唐書』一六〇、『唐才子伝』五に伝記がある。

【余説】

○第二七句から第三四句に韓愈のことが述べてある。

この詩は、二五歳、安政五年（一八五八）の春の作であろう。韓愈のことは78番の詩でもふれている。この詩は、元和一四年（八一九）韓愈五二歳の時、仏骨を迎える朝廷に対して、持ち前の儒教的立場から、それを批判する「仏骨を論ずる表」を奉り、その為に憲宗皇帝の怒りに触れ、広東の潮州刺史に左遷された事件を取り上げているのである。

韓愈の行為を皇帝に対する忠義とみたて、憲宗と慶永、韓愈と自分とを重ね合わせているのである。韓愈は、翌年（八一〇）一月、憲宗が急死し穆宗が即位すると、九月には国子祭酒に転任して復活した。しかし、左内は復活出来ないで刑死する。しかも、左内はこの時点では、自分も韓愈のように、いずれは許されると考えていたと思われる。

〇三八句の長い詩である。換韻するごとに内容を変化させる。

初めの八句で、自分の平生の志を述べ、次の一六句は、こと志と違って苦境に陥った悩みを訴える。最後は、韓愈の文を読んで心を慰めることを述べている。

78番「贈林明府長孺」（林明孺に贈る）には、「快男子たる貴君のお仕事は、韓愈に勝るものがあります」と述べている（左内はこの人を尊敬していた。上京の途中、安政二（一八五五）年一二月四日と、安政四（一八五七）年八月一三日に訪ねている）。

なお、『『東篁遺稿』研究』の四九頁、『福井縣漢詩文の研究』（増補改訂版）の六〇頁参照。

【四　「抱負」のまとめ】

役人になった時の張り切った気持と、囚われの身となった時の惨めな思い。その両方が左内の偽らざる心情である。正に、得意と挫折である。

五　西洋

英吉利船行　英吉利船の行（152）〈二五歳作〉

旌旗何翩翩　旌旗何ぞ翩々たる。
船輪何轔轔　船輪何ぞ轔々たる。
道傍過者瞠熟視　道傍を過ぐる者瞠って熟視し、
連礮欻發天地振　連礮欻発し天地振ふ。」
渠奚爲者作此獪　渠なんすれば此の獪を作る、
敢伉大邦逞睚眦　敢えて大邦に伉し睚眦を逞しうす。
彼云非然且試聽　彼は云ふ然るに非ずしばらく試聴す、
願致好意通鬻賣　願ふは好意を致し鬻売を痛ぜんと。」
去年今歳戰唐山　去年今歳　唐山に戦ひ、
折服兇狼縛貙豻　兇狼を折服し貙豻を縛る。
今春去秋伐身毒　今春去秋　身毒を伐ち、
誅戮亂魁絶後艱　乱魁を誅戮し後艱を絶つ。」
甲兵之利冠天下　甲兵の利　天下に冠たり、
又尚仁義敷德化　又仁義を尚び徳化を敷く。

隆治殆將軼三王　隆治ほとんど将さに三王を軼ぎんとす、
富强豈啻比五覇　富強あにただに五覇と比せん。」
譸張誇大聽汝爲　譸張誇大は汝為と聴く、
許市結好權時宜　許市結好は時宜を権る。
汝躬汝子若汝孫　汝が躬汝が子若しくは汝が孫、
當謹約束奉聖慈　まさに約束を謹み聖慈を奉ずべし。
不然英武　皇帝赫爰怒　然らずんば英武　皇帝赫としてここに怒り、
親率六師行誅夷　親しく六師を率いて誅夷を行はん。」

【押韻】（一～四句）轔、振（去聲震韻）、（五～八句）獪、眦、賣（獪は去聲泰韻、眦、賣、は去聲卦韻、両者通韻す）、（九～一二句）山、豻、艱（山、艱は平聲刪韻、豻は平聲寒韻、両者通韻す）、（一三～一六句）下、化、覇（去聲禡韻）、（一七～二二句）爲、宜、慈、夷（平聲支韻）。古詩（楽府）。全二二句。換韻格。

【題意】イギリス船のうた

【通釈】

旗のひるがえる様子はなんと得意そうなのだろう。

船の外輪がまわる音がなんときしむことか。

道を通り過ぎる者達は、目をみはって船をじっと見つめ、

いくつも並んだ大砲が一斉に火を吹き、天地をゆるがせる。

彼らはどうしてこのような悪がしこい物を作り上げたのだろう。
みだりに、偉大な我が国に手向かい目を怒らせて思うようにふるまっている。
彼等は云う。脅かしているのではない、ちょっと、申し出を聴くかどうかを試したのであり、
願うところは、好意を送り届けて、商いを通わせることだと。
去年今年と、清国と戦争をして、
悪者を屈服させ、相手の兵士たちを捕虜にした。
去年の秋から今年の春にかけて、インドでは反乱を討伐して、
反乱のかしらを殺して、将来の禍根を絶ってしまった。
武装した兵士の働きは世界中で最も優秀であり、
また、道徳を尊重し、恵み深い政治で国民を感化させて、
その盛んな政治は、ほとんど古代の三王朝の創始者である三人の聖王の治績を上まわるほどであり、
国が富んで強いことは、五人の覇王と匹敵している。
ほらを吹いていばるのは、お前達の行為であると聴いているが、
商いを許可し、友好を約束するのも、時の変化に応じて適当かどうかを考えねばならない。
お前自身、お前の子供、更にはお前の孫まで、
当然約束を守り、天子の恵みをありがたく受けるべきである。
そうしないときには、武勇にすぐれる皇帝は、顔を真っ赤にして怒り、

自ら全軍を引きつれて討伐を行なわれるであろう。

【語釈】

○英吉利―イギリス。○行―楽府の題。うたの意。楽府は古詩の一体で、句の長短入り乱れたもの。○旌旗（せいき）―旗の総称。○翩々（へんぺん）―本来旗の翻るさま。ここは、得意なさま。○船輪―外輪船である。○轔々（りんりん）―車のきしる音。○道傍（どうぼう）―道のかたわら。杜甫の『兵車行』に「車轔轔馬蕭蕭、行人弓箭各在腰。（略）道傍過者問行人、行人但言点行頻」とあり、この詩の二、三句の出典とも見られる。○瞠（みはる）―目をみはる。○熟視―じっと見る。○連礮（れんほう）―大砲を並べる。○欻発（くっぱつ）―火を噴き出す。○振（ふるう）―ゆれる。○渠（かれ）―彼。○者（ば）―理由を説明する意を表す。○獪（かい）―わるがしこい。○敢―みだりに。○伉（こう）―手向かう。○逞（たくましい）―思うとおりにふるまう。○睚眦（がいさい）―目を怒らして見る。にらむ。○且（しばらく）―いささか。かりに。○試聴（しちょう）―ききいれるかどうか試みる。○致（いたす）―つたえる。○通（つうずる）―たがいに通じ合う。○鬻売（いくばい）―あきないする。○唐山―中国のこと。唐山に戦うとは、アロー号事件を指す。一八五六年清国警官のイギリス船アロー号臨検に発する両国の紛争。翌一八五七年イギリス、フランス連合軍は広東を占領した。○折服（せっぷく）―屈服させる。○凶狼（きょうろう）―わるいおおかみ。悪人をいう。○貙豻（ちゅうかん）―けものの名。虎に似て犬ぐらいの大きさのけもの。勇猛な兵士をたとえる。○身毒（しんどく）―インドのこと。身毒を伐つとは、セポイの反乱を指す。一八五七年から一八五九年にかけて、イギリス東インド会社のインド人傭兵であるセポイを中心としてインド民族がイギリスの支配に反抗した反乱。○誅戮（ちゅうりく）―罪にあてて殺す。○乱魁（らんかい）―反乱のかしら。○後艱（こうかん）

―後のなんぎ。○甲兵―武装した兵士。○利―はたらき。○冠―第一等。○天下―世界。○尚（たっとぶ）―重んじる。○隆治（りゅうち）―盛んな治政。○軼（すぎる）―おいこす。○三王―中国古代の夏、殷、周三代の王朝を建てた聖王。夏の禹王、殷の湯王、周の文王（または武王）。○富郷（ふきょう）―国が富んで強い。○五覇（ごは）―五人の覇者。覇は諸侯の旗がしら。諸説あるが、斉の桓公、晋の文公、秦の穆公、宋の襄公、楚の荘王が一例。○譸張（ちゅうちょう）―ほらを吹く。たぶらかす。○誇大（こだい）―いばる。○汝為（じょい）―おまえの行為。○権（はかる）―はかりかんがえる。○時宜（じぎ）―その時にちょうどつごうのよいこと。○当―当然…である。○謹（つつしむ）―重んじる。大切にする。○聖慈（せいじ）―天子のめぐみ。○英武―武勇にすぐれている。○赫（かく）―顔をまっかにして怒るさま。○六師（りくし）―天子の軍隊。一師は一二五〇〇人。○誅夷（ちゅうい）―打ち平らげる。

【余説】

○左内が、いつ英国船を見たかについて、『橋本景岳全集』上巻に載せてある「橋本景岳先生年譜」の外国船来日、及び関連する記事を見て考察したい。

弘化二年（一八四五）一二歳、○三月、米国捕鯨船浦賀に来る。○五月、英船琉球に来る。

弘化三年（一八四六）一三歳、○四月、英仏船相ついで琉球に来る。○閏五月米船浦賀に来たり開国を促す。応ぜず。

嘉永元年（一八四八）一五歳、○一一月、砲台を浦賀に築く。外船対馬及び北海に出没す。

嘉永二年（一八四九）一六歳、○閏四月、英船浦賀に来る。

嘉永三年（一八五〇）一七歳、〇六月、和蘭、米船来たりて通商を求むべきを告ぐ。

嘉永五年（一八五二）一九歳、〇八月、和蘭、明年米露船の渡来すべきを告ぐ。

嘉永六年（一八五三）二〇歳、〇六月、米提督ペルリ軍艦四隻を率いて浦賀に来る。これより天下騒然。〇七月、露国中将プチャーチン長崎に来る。〇九月、大船製造の禁を解く。品川に砲台を築く。

安政元年（一八五四）二一歳、〇正月、ペルリ再び浦賀に来る（吉田松陰米艦乗込み計成らず、四月佐久間象山と共に罰せらる）。〇三月、米国と和親条約締結（神奈川条約）。（七月、日章旗を日本船の旗章と定む）〇閏七月、英国と和親条約を結ぶ。〇一二月、露国と和親条約を結ぶ。

安政二年（一八五五）二二歳、〇六月、和蘭汽船を献ず。

安政三年（一八五六）二三歳、〇七月、米国総領事ハリス下田に来る。

安政四年（一八五七）二四歳、〇八月一四日、幕府ハリスの登城謁見許可を公布す。〇十月一四日、ハリス江戸に来たり、ついに将軍に謁す。〇一二月、米国と通商条約締結を議す。日米条約の可否を諸侯に諮詢す。

安政五年（一八五八）二五歳、〇六月一九日、幕府日米通商条約に調印す。

〇この作品は左内、二五歳の創作であると見なされている。〇嘉永二年、左内一六歳、緒方洪庵の適々斎塾に学び始めた頃には、英船が本州の浦賀に来たことを知ったであろうが、この時は左内はまだ見ていないであろう。〇左内は、安政元年二月に江戸へ遊学に出発し、安政二年七月藩命に依り帰国し、一一月末、また江戸へ出発している。〇安政三年には、四月に帰国を命ぜられ、五月末江戸へ出発し、六月半ばには帰福している。安政四年には八月に江戸へ、安政五年には、正月、四月にも江戸へ行っているので、その間に英艦を見ているであろう。何時とは決め難いが。

幕末において、海外の情勢についてかなりよく把握していたことに注目したい。当時イギリスが世界最強と考えられていたが、その植民地支配の帝国主義的傾向と同時に、その長所をもよく認識していたところに左内が同時代の人たちより一段抜きん出ていることを感じさせる。

西洋雑詠　又（七首の中その五）（189）〈二六歳作〉

電信傳來快口陳　電信伝来し　快なる口陳。
活機全賴兩條綸　活機全頼　両条の綸。
自今覊客應無夢　自今覊客　応に夢無かるべし。
萬里雲山如比鄰　万里の雲山　比鄰の如し。

【押韻】陳、綸、鄰（平聲眞韻）。七言絶句。

【題意】西洋について様々なことを詠んだ。

【通釈】

同じく（七首の中のその五）

電話が伝わって来て、口頭で話すのが快い。

役立つ器械で全く頼りになる。二本の糸で遠方と結ばれるだけだが。

今から後は、もはや旅人も故郷のことを思って、夢を見るということもないであろう。

万里も遠くの雲のように見える山々が隔てる故郷の人とも、となりの人のように話し合うことができるのだから。

【語釈】

○電信—電話。○口陳（こうちん）—口頭で言うこと。○活機（かっき）—活動する器械。○全頼（ぜんらい）—完全な信頼。○両条—二本。○綸—いと。○自今（じこん）—今から後。○羈客（きかく）—旅人。○万里—きわめて遠い所。○雲山—雲のように見える遠い山。○比鄰（ひりん）—となり近所。鄰は隣の本字。

【余説】

安政二年（左内二二歳）江戸遊学時代の旅日記「乙卯再游」に一二月一四日「伝言器拝見ニ罷出（まかりいで）」とある。これによれば、左内は四年前に電話機を見ていたと思われる。

西洋雑詠　又（七首の中その六）（１９０）〈二六歳作〉

山落纔過倏水村　山落ち纔に過ぐ倏水の村。
火輪宛轉黒煙噴　火輪宛転し黒烟を噴く。
人間快事無堪擬　人間の快事　擬するに堪へず。
百里長程轉瞬奔　百里の長程　転瞬の奔。

【押韻】村、噴、奔（平聲元韻）。七言絶句。

【題意】西洋について様々なことを詠んだ。

【通釈】

同じく（七首の中その六）

山が尽き、たちまちの中に、谷間の村を走り過ぎた。火を燃やして車輪をぐるぐる回し、黒い煙を勢いよく噴出させる。人の世で速いこと、汽車に比較できるものが他にあろうか。百里の道のりもまたたく間に走り抜ける。

【語釈】

○落―少なくなる。○纔（わずか）―やっと。○倏水（しゅくすい）―水の流れが速い。○火輪―火を燃やして車輪をまわす。○宛転（えんてん）―ころがるさま。○噴（はく）―勢いよくふき出す。○人間（じんかん）―人の世。○快事―速いこと。○擬（ぎ）―くらべる。○長程（ちょうてい）―遠い道のり。○転瞬（てんしゅん）―まばたきする。ごく短い時間。○奔（ほん）―かけつける。

【余説】

○汽車と思われるが、描写が巧みである。左内は一八五九年一〇月に亡くなったので、本物の汽車は見ていない。ただし、模型蒸汽車は見ていた可能性が大きい。

○「ペリーは、一八五四（安政元）年一月十六日（二月十三日）、前年の約束どおり日本の回答を受け取るため、軍艦七隻をひきいて再び神奈川沖に停泊した。このときペリーは、アメリカ大統領から将軍への贈り物を渡した。贈り物は電信機械、時計、望遠鏡、小銃、サーベル、ラシャ、農具などの中に、模型蒸気車もあった。来航一ケ月後の二月十五日、模型蒸気車も陸揚げされた。翌十六日から横浜応接所裏にレールが敷設され、その上にテンダつきの模型蒸気車が組み立てられ、二十三日から幕府の応接係、その他おおくの日本人の前で、機関車はアメリカ人によって、運転が行われた。」（『鉄道の日本史』反町昭治著、文献出版、一九八二年、一二三、一二五頁参照）。

左内が江戸に出ていた日時については、五一～五三頁の【余説】を参照。

恐らく一八五四（安政元）年二月に見ているであろう。

因みに、鉄道は一八七二年一〇月一四日に新橋～横浜間が開通した。その後、一九二一年一〇月一四日東京丸の内に初代鉄道博物館が開業されたことを記念し、二二年に鉄道記念日が制定された。九四年に改称された。

○西洋雑詠は七首（185番～191番）の七言絶句の連作である。上に挙げた以外の五作品の大意を記す。

185番―見識の狭い者（攘夷論者）よ、古代中国だけが理想の世ではない。西洋の歴史書を読んだか？

186番―（西洋では）学芸は精通を、器械は新式を尊重する。（中国の）明人は浮薄で、宋人は物事にこだわる。

（西洋人の）真心が厚いのは（中国では）漢代人に対比できよう。

187番―選抜した強い兵を引きつれて四方の海を航海できる。西洋の道理は我が国より優れたものがある。

読書階級が無く戦いのことを論議することである（幕末の我が国が外敵に無防備であったことを見よ）。

188番―（西洋では）男子は勇気があり手柄を貴び、遠征を悲しむ中国人とは違う。南で戦い北を攻める。その上、海外でも活躍する。

191番―村々から炊飯の煙が昇り、人々が集う。桑畑が青々と連なり雨の中にまだら牛が一頭。芍薬、薔薇が錦のよう。吹き渡る春風は、西洋に来たのだと覚るに違いない（書物の挿絵か絵葉書を見て詠んだか）。

○書物などによって学習することが多かったと思うが実態をよく捉えているのに感心する。

【五「西洋」のまとめ】

海外の情勢、イギリスの植民地支配のことなどをよく把握していたと思う。また、電話、汽車など西洋伝来のものの実態を理解しているのに感心する。

六　情趣

春詞、戯倣坡體　二首（其の一）（２０５）〈二十六歳作〉

春の詞、戯れに坡体に倣ふ　二首（その一）

金釵搖映翠鬟色　金釵揺映す　翠鬟の色。
秋波縹渺淡似拭　秋波縹渺として淡きこと拭ふに似たり。
春寒惱人杼未成　春寒人を悩まし杼未だ成らず。
經心緯慮愁先織　経心緯慮　愁ひ先づ織る。
停織惆悵知爲誰　織るを停めて惆悵するは知らん誰が為ぞと。
鳴禽相知花相依　鳴禽は相知にして花は相依る。
春到玉關雁應回　春　玉関に到らば　雁応に回るべし。
當日良人歸不歸　当日良人　帰るや帰らざるや。

【押韻】四句ごとに換韻する。色、拭、織（入聲職韻）。誰、依、歸（誰は平聲支韻、依、歸、は平聲微韻、通韻）。七言古詩。

【題意】春のこうた。なぐさみに蘇東坡の詩形をまねて作ってみる。

【通釈】

（二首の中その一）

黄金つくりのかんざしには、緑の髪の色がうつってゆらいでいる。

涼しげな目もとがかすかに動き、薄化粧は肌を清めたようである。（そうした美人が）春の寒さに悩むのか、織物はまだ出来上がらない。心の思いをたて糸横糸にして、愁いを先ず織っているようだ。織るのをとめてなげき悲しむのは、誰のせいであろうか。それは分かっている。鳴き交わす鳥たちはお互い知り合いであるし、花もお互いに寄りそい合って咲いている。春の便りが玉門関にとどく頃には、雁がもどって来るだろう。その時、あの人は帰ってくるだろうか来ないだろうか。

【語釈】

○春詞―はるのこうた。詞は中国の韻文の名。中唐の頃起こり、宋代に盛んになった。当時の歌謡曲の歌詞の意。句の長さがまちまちなので長短句ともいう。○戯（たわむれ）―なぐさみ。○傚（ならう）―まねる。○坡体（はたい）―蘇東坡のかたち。体は、詩文の形式。○金釵（きんさい）―黄金でつくったかんざし。○揺映（ようえい）―ゆれ動いてうつす。○翠鬘（すいかん）―つやのあるまげ。美人の髪のたとえ。○秋波―美人のすずしげな目もと。転じて、流し目。○縹渺（ひょうびょう）―かすかに動く。○淡―あっさりしている。○拭（ぬぐう）―きよめる。○春寒―春のまだ浅いころの寒さ。○杼（ひ）―機織りで横糸を通す道具。ここは転じて、織物をいう。○経心緯慮（けいしんいりょ）―経緯はたて糸と横糸。心慮は心のおもい。あわせて、心のおもいが入り乱れてなやむこと。○惆悵（ちゅうちょう）―うらみなげくさま。○相知（そうち）―しりあい。○依（よる）―たよりあう。○玉関（ぎょくかん）―玉門関。むかし西域地方と中国国内との境に設けた関門。今の甘粛省敦煌県の西にある。○回（かえる）―

もどる。○当日—その日。○良人—妻が夫をさしていうことば。

【余説】夫の帰りを待つ美人の心をうたう。前半は客観的な描写、後半は女の立場になっての表現である。

春詞、戯倣坡體　二首（其の二）（206）〈二六歳作〉

春詞、戯れに坡体に倣ふ　二首（その二）

郎久不還妾斷腸　郎は久しく還らず　妾は腸を断つ。
聞説他鄉多遺芳　聞くならく　他郷遺芳多しと。
起綰楊柳擬郎贈　起ちて楊柳を綰（わが）ねとし郎の贈に擬せん、
妾愁長於柳條長　妾の愁ひは柳条の長きより長し。
嬌音幽花學妾頬　嬌音幽花　妾の頬を学ぶべし。
妾色胡不郎意慊　妾の色なんぞ郎が意を慊くせざる。
此身薄命由誰怨　此の身の薄命　誰に由ってか怨まん。
海棠花底飛雙蝶　海棠の花底　双蝶飛ぶ。

【押韻】腸、芳、長（平聲陽韻）。頬、慊、蝶（入聲葉韻）。七言古詩。

【題意】春のこうた。なぐさみに蘇東坡の詩形をまねて作ってみる。

【通釈】

（二首の中その二）

あなたが久しくお戻りにならないので、私の心はずたずたになっております。

うわさによればそちらには、美しい未亡人が多くいらっしゃるとか。

せめて起き上がり、柳の枝をまるく輪にして、あなたからの別れの贈り物にかたどりましょう。

私のさびしい想いは、久しく長びいて、あの柳の枝よりも長くなっておりますのよ。

私のまわりで楽しげに話し合っている女達よ、また、お高くとまっている美女達よ、（いつまでもしあわせな日が続くものではないと）この私のやつれた頬を見て学んでおくれ。

私の美しさに、どうしてあの人は満足してくれないのでしょう。

この身のふしあわせを、一体誰のせいだとうらんだらよいのだろう。

海棠の花の咲いている下では、二羽の蝶が楽しげに飛び交っているのに。

【語釈】

○郎（ろう）―おっと。妻が夫をよぶことば。○妾（わらわ）―婦人の卑下した自称。○断腸―はらわたがちぎれる。非常に悲しむさま。○聞説（きくならく）―聞くところでは。○遺芳（いほう）―死後にのこされた立派なもの。ここは若い未亡人をいう。

○第三句について―漢代以来、旅に出る人を送る際に楊柳の枝を手折って贈る習慣があった。その場所として知られるのは、漢・唐の都長安の東郊を北流する灞水（灞河）の上に架かる唯一の橋、灞橋（灞陵橋ともいう）の附近であった。民俗学的理解では「柳の枝は辟邪の力を持つと信じられて魂振りに使われたと見られ、輪の形にしたのは、旅の疲れで身体から遊離しがちな魂を鎮める「魂結び」のまじないであったと考えられている」（『漢詩の事

典』大修館書店、一九九九年　三三四頁）
○綰（わがねる）―曲げて輪にする。○擬（なぞらえる）―まねる。かたどる。○贈（ぞう）―おくりもの。○嬌音―美しい声。○幽花―もの静かな花。○胡（なんぞ）―疑問の助字。○慊（こころよい）―満足する。○薄命―ふしあわせ。○由（よる）―もとづく。○海棠（かいどう）―バラ科の落葉低木。四月ごろ淡紅色の五弁の花を咲かせる。
○花底（かてい）―花の美しく咲きにおう下。

○（註の本文）
二首合作、近則山陽、遠則東坡、梅村、漁洋有此色無此簡錬處、經心句工而錬、鳴禽句、天來、婉雅纏綿。

（二首は合作なり。近くは則ち山陽、遠くは則ち東坡、梅村、漁洋に此の色あり。此に簡錬の処なし。経心の句は工にして錬なり。鳴禽の句は、天來にして、婉雅纏綿たるなり）
☆コノ評語ハ先生の自筆ナレドモ矢島立軒ノ評語ニテモアランカ。㊟
○（註の通釈）この作品には批評が付いている（この評語は先生（左内）の自筆の字であるが矢島立軒の批評の語か）。
二首合わせて一つの作品になっている。このようなよい作品の例としては、近頃では、頼山陽、昔では蘇東坡があげられ、呉偉業や王士禎の作品にもこのような趣がある。この作品に添削するところはない。経心の句は巧みで練られている。鳴禽の句は、人並みでない。あでやかでみやび、情緒が深くてよい。
○（註の語釈）
○合作（がっさく）―①二つ以上で一つのものを作る。②詩が方式にかなっている。○色―おもむき。○簡錬（かんれん）―選び出してねりなおす。○天来―技術などの神妙で人間業でないことをいう。○婉雅（えんが）―あでやかでみやび。○纏綿（てんめん）―情緒の深いさま。

㊟矢島立軒については九五頁の【人名】を参照。

【人名】

○山陽―頼山陽（一八七〇―一八三二）。江戸時代末期の漢詩人。名は襄（のぼる）、字は子成、通称は久太郎、山陽は号。安芸の儒者頼春水の長男。江戸に出て尾藤二洲に学び、のち京都に住んだ。著書に『日本外史』『日本政記』（漢文）他著書多数。詩文関係では、山陽詩集二三巻、山陽文集一三巻、日本楽府一巻などがある。

○蘇軾（一〇三六～一一〇一）―眉山（四川省）の人。字は子瞻、号は東坡。諡は文忠。蘇洵の長子。二二歳で進士となり、試験官の欧陽脩に文才を認められた。のち王安石の新法を議して恨まれ、外任を求めた。宋の文豪。学は該博で三教に精通し、詩文をよくし、黄庭堅、秦観、陳師道、などがその門に出た。文は唐宋八大家の一人、また、詞を能くした。「赤壁賦」は知られている。著書に蘇東坡全集、東坡詞、東坡志林などがある。なお、父の蘇洵、弟の蘇轍とともに三蘇の称がある。建中靖国元年没、年六六。『宋史』三三八、『宋元学案』九九に伝記がある。

○呉偉業（一六〇九～一六七一）―明末清初の太倉（江蘇省）の人。字は駿公。号は梅村。明の崇禎四年（一六三一）の進士。翰林院編修となり、また南京国子監司業となったが、明の滅亡後郷里に隠退した。康煕一〇年没、年六三。詩、詞をよくして、銭謙益、龔鼎孳とともに江左の三大詩人と称せられる。著に梅村文集、呉梅村詩などがある。『清史稿』四八九、『清史列伝』七九などに伝記がある。

○王子禎（一六三四～一七一一）―清の新城（山東省）の人。字は貽上。号は阮亭、また漁洋山人。士禛が本名で、雍正帝の諱（いみな）を避けて士正と改めたが、乾隆帝から子禎の名を賜った。順治一五年（一六五八）の進士。揚州司理から侍読に進み刑部尚書に至った。五〇年没。年七八。謚を文簡という。詩をもって一代の正宗と称せられて、朱彝尊とともに南朱北王と称せられる。その詩は神韻を正宗とし、神韻説の首唱者で、沈徳潜の格調説、袁枚（随園）の性霊説と相対している。枯淡閒遠の趣を愛し、王維・孟浩然、李頎、高適らをたっとんだ。また、古文をよくし、詞も巧みであった。各種の詩選は漁洋山人全集に収められている。『清史稿』二七二、『清史列伝』九に伝記がある。

【余説】

○夫の帰りを待つ美人の心をうたう。前半は客観的な描写である。そこに楊柳のことをうたうところに、左内の博識が伺われ、巧みだと思う。また、後半は女の立場になっての表現である。なお、左内を幕末の志士という風に聞くと、このような作品には少し意外な感じがするが、左内の文学的な感性の豊かさを考えると、むしろふさわしく、さすがだなあと思う。

○『橋本景岳全集』（下巻）には「雑記抄録類」が一から十三まである。その九「適意遇抄」には『唐宋詩醇』所載の蘇東坡の作品五三九首（序文には五百余首と記すが正しくは五三九首）から左内が抜抄したと見られるという記事があり、二二四作品の詩句が記されている。また、312・313番「讀東坡先生集」（七律）二首がある。これらを見ると、左内の蘇東坡作品への理解は深いものがあったと考えられる。
また、杜甫、李商隠の作品をもかなり勉強していたと見られる。これについて筆者に小考察がある。

＊「橋本左内の「名詩抄」―左内が好んだ杜甫の詩作品―」（文芸誌『山桐』第十七号、丸岡五徳会、二〇一九年）

＊「橋本左内の「名詩抄」―左内が好んだ李商隠の詩作品について―」（『会誌』第二七号、鯖江郷土史懇談会、二〇一九年）

花時招友人飲、作醉歌一章（２１０）〈二六歳作〉

花の時　友人を招きて飲み、醉歌一章を作る

人生百年參萬日　人生百年　三万日、
算來雖多去極疾　算ふれば多しと雖も去ること極めて疾し。
病患災害吉凶變　病患災害　吉凶の変、
能爲神出而鬼沒　能く神出にして鬼没を為す。
造物與人多慳吝　造物人に与ふ　まさに慳吝、
喜妨好事敎易失　喜びて好事を妨げ失い易からしむ。
人之在世猶乘傳　人の世に在る　猶ほ乗伝のごとし、
豈容終身窮如蝨　あになんぞ終身窮すること蝨のごとし。
所以古來曠達士　ゆえに古来　曠達の士、
敗禮踰度不可律　敗禮踰度律すべからず。
或曰我頭寧可斷　或ひは曰く　我が頭寧ろ断つべし、
看看忍斷杯中物　看看杯中の物を断つを忍ばんよりはと。
或曰盍秉燭夜游　或いは曰く　なんぞ燭を秉りて夜游ばざる、
飛觴坐花又醉月　觴を飛ばし花に坐し　また月に酔はんと。」
我亦年來輕浮砦　我も亦年来　軽浮の砦りあり、

宛如東風射馬耳　宛も東風の馬耳を射るがごとし。
軒冕爵祿視腐鼠　軒冕爵禄　腐鼠と視、
官情物欲淡似水　官情物欲　淡きこと水に似たり。
消磨未盡抵風情　消磨未だ尽きず　風情に抵（あ）つ、
當顧四時見紅紫　当に四時を顧みて紅紫を見るべし。
譬之好飲者耽麴糵　之を譬ふれば　好飲者の麹糵に耽り、
好色者慕蛟美　好色者の蛟美を慕うがごとし。」
昨夜雨浴玉樹枝　昨夜　雨は浴す　玉樹の枝、
今朝風梳垂柳絲　今朝　風は梳る　垂柳の糸。
雨止風軟春如海　雨止み風軟らぎ春は海のごとく、
咏之觴之莫不宜　之を詠ひ之を觴すれば宜しからざるなし。
柳陰昵喃雙紫燕　柳陰　昵喃　双紫燕、
花影宛轉兩黄鸝　花影　宛転　両黄鸝。
對此高興勃如起　此に対すれば高興勃として起こるが如く、
相思相憶説向誰　相思草憶　誰に向かってか説かん。
獨坐沈吟頻撚髭　独坐沈吟し頻りに髭を撚る、
忽懷君來近在茲　忽ち懐ふ君来たりて近くここに在るを。

一紙十行修竹簡　一紙十行　竹簡に修め、
可附懶奴附痴兒　懶奴に附すべきを痴児に附す。
掃我書几舗青氈　我が書几を掃ひて青氈を舗き、
撥我家釀洗瓊巵　我が家の醸を撥ねて瓊巵を洗ふ。
韓愈已雲龍願遂　韓愈已に雲龍の願ひを遂げ、
杜甫曷落月照疑　杜甫曷んぞ落月の照るに疑ふ。
酒殘鳥去晩風悲　酒残　鳥去りて　晩風悲しく、
風化如雪飛益奇　風化雪の如く　飛びてますます奇なり。
是日是時不共醉　是の日　是の時　共に酔はざれば、
阮宣李白抵死嗤　阮宣李白　死に抵るまで嗤はん。
人生憂多歡樂少　人生憂ひ多く歓楽少なし。
如此好會莫失時　かくの如き好会　時を失うことなかれ。
明日有花兼有酒　明日花有り兼ねて酒有り、
君來百回我不辭　君来たること百回なりとも我は辞せず。」

【押韻】

（一～一四句）日、疾、沒、失、蝨、律、物、月（沒と月は入聲月韻。物は、入聲物韻。他は入聲質韻。三者通韻）。

（一五～二二句）訾、耳、水、紫、美（上聲紙韻）。

（二三~四六句）枝、絲、宜、鸝、誰、茲、兒、巵、疑、奇、嗤、時、辭（平聲支韻）。

七言古詩。全四六句。換韻格である。

【題意】花見の季節に友人を招いて酒を飲み、酔っぱらいの歌一篇を作る。

【通釈】

人の一生は百年、おおまかにいえば三万日のことである。
数えてみれば多いといえるが、過ぎ去るのは極めて早い。
病気の苦しみと災害、幸いと不幸なできごとは、
鬼神のようにたちまち現れ、たちまち消え去るのがつねである。
造物主が人間に与えるのは、実にしみったれたやり方で、
このへんで、喜びごとを妨げて、それを失わせてしまう。
人がこの世に生きている間は、はやい駅継ぎ馬車に乗っているように、どんどん時は経って行く。
どうして、一生しらみのように、かくれひそんで過ごすことがあろうか。
それゆえ、昔から、物事にこだわらぬ人達は、
礼儀にもとり、節度をこえたふるまいにおよんだこともある。それらを一定の基準で判断してはならない。
或る人はいう、むしろ私の首を断ち切ってくれ、
だんだんと飲酒を断つような我慢をするよりは、と。
また、或る人はいう、どうして夜通し灯をともして遊ばないのか、

さかずきをやりとりしながら、花を賞で、月を眺めて酔う遊びを、と。
私もまた、かねてから、うわついた性格が欠点で、
まるで、馬の耳に念仏と、全然気にかけないのは、
身分の高さや俸給の多いこと、それらは腐ったねずみと同じこと、
また、役人になりたい心とか、物に対する執着がないので心は水のように淡白である。そうかといって、すべての
感情がすり減ってしまったわけでなく、自然の美しさにふれるのを楽しみとして、
四季それぞれ、色とりどりの花をたずねて観賞している。
これをたとえれば、酒好きの者が酒を飲み過ごし、
女たらしが、この世のものとも思われぬ美女に思いを寄せるようなもの。
昨夜は、雨が美しい樹の枝をきれいに洗い、
今朝は、風がしだれ柳の枝にくしを入れた。
雨がやみ、風がおだやかになった今は、春は、あたり一面に広々とひろがっている。
これについて詩をうたい、これをさかなに酒を飲むのは、何と時宜にかなったことではないか。
柳のかげで、二羽のつばめがさえずり、
花の間では、二羽のうぐいすが飛びまわっている。
これらと向かい合っていると、急に高尚な気分が湧いてきて、
お互いの心の思いを話し合える友はいないかと、

独り坐って思いをこらして、しきりと口ひげをひねっているうちに、
ふと君が最近近所に来ていることを思い出した。
一枚の紙に十行ばかりの手紙を書いて、
下男にことずけるべきところを、手近かにいる子どもにことづけて（君をお招きした次第である。）
机を掃除し、青色の敷物をしきのべ、
我が家の酒がめをひらき、さかずきを洗って君を迎えた。
昔すでに、韓愈は友と気持が感応し合い、
杜甫は、西に傾いた月が、友人李白の顔を照らしているかと疑った。
（そうした交際にあやかって君と酒を飲み交わした）酒席は終わり、鳥は飛び去り、夕暮れの風は悲しい。
風に散る花は、雪の降るように飛んで、いよいよみごとである。
この日、この時、一緒に酔わなかったならば、
阮宣や李白は、死ぬほどあざけり笑うことだろう。
人生には憂いが多く、たのしみは少ない、
このような快い会合は、しおどきを失ってはならない。
明日も花があり、酒もまだある。
君が何回でも訪ねてくれるなら、私は、よろこんでお相手をしよう。

【語釈】

○花時―春。いろいろの花の咲く季節。特に、さくらの花の咲くころ。○酔歌―酒に酔って作った歌。○一章―詩や歌の一編。○算（かぞえる）―数をかぞえる。○来―語末につける助字。○疾（はやい）―早い。○吉凶―幸いと災い。婚礼と葬礼。○変―非常のできごと。○神出鬼没―鬼神のようにたちまち現れてたちまちかくれる。○造物（ぞうぶつ）―造物主の略。万物を創造する神。○多（まさに）―本当に。○慳吝（けんりん）―しみったれ。○好事（こうじ）―喜びごと。○教（しむ）―…をして…させる。○乗伝（じょうでん）―四頭だての駅継ぎの馬車。はやい順に、置伝、馳伝、乗伝という。転じて、駅継ぎの馬車に乗ること。○豈容（あになんぞ）―反語の意を表す助字。○終身―一生涯。○窮（きゅう）―動きがとれぬ。○蝨（しらみ）―哺乳類の血を吸う寄生虫の一種。○所以―それゆえ。○曠達（こうたつ）―心が広くて物事にこだわらない。○敗礼（はいれい）―礼儀にそむいた行い。○踰度（ゆたく）―節度をこえる。○律―一定の基準ではかる。○頭（こうべ）―あたま。○看看（かんかん）―だんだん。○盍（なんぞ…ざる）―どうして…しないのか。○秉燭夜游（しょくをとりてよるあそぶ）―ともしびをともして夜遊ぶ。『古詩十九首』の第一五首「生年百に満たず」の詩の中に「昼短くして夜の長きに苦しむ、何ぞ燭を秉りて遊ばざる」の句がある。○飛（とばす）―速く走る。○觴（しょう）―さかずき。○年来―数年このかた。○軽浮（けいふ）―うわすべり。○訾（そしり）―欠点。○宛（あたかも）―まるで。○東風射馬耳（とうふうばじをいる）―何とも感じないこと。馬の耳に念仏。李白「王十二寒夜独酌懐い有りの詩に答ふ」に、「世人之れを聞けば皆頭を掉ぐも、東風馬耳を射る如し」の句がある。○軒冕（けんべん）―軒は大夫以上の人の乗用車。冕は貴人のかんむり。転じて、身分の高い人。○爵禄（しゃくろく）―位と俸給。○腐鼠（ふそ）―腐ったネズミ。くだらぬ物のたとえ。『荘子』秋水、に出る。○官情（かんじょう）―役人になりたいと望む心。○物欲（ぶつよく）―金銭、飲食、女色などの関する欲望。

○消磨（しょうま）―すりへらす。○風情（ふうじょう）―自然の美しいおもむき。○抵（あてる）―ふれる。○当（まさに…べし）―当然…である。○顧（かえりみる）―たずねる。○四時―一年の四季。○紅紫（こうし）―いろいろの花の色。○譬（たとえる）―ほかの似ているものを借りて説明する。○耽（ふける）―度をこして楽しむ。○麹蘖（きくげつ）―酒。○蛟美（こうび）―桀の女官に、時折竜と化す美女がいたという説話をふまえるか。蛟は竜の雌。○浴（よく）―水や湯でからだをあらう。○玉樹（ぎょくじゅ）―①美しい木。②えんじゅの別名。○梳（くしけずる）―くしで髪をすく。○垂柳（すいりゅう）―しだれやなぎ。○軟（やわらぐ）―おだやかになる。○海―広く大きい。○咏（うたう）―詠の俗字。○觴（さかずきする）―酒をすすめる。○宜（よろしい）―ただしい。○呢喃（じなん）―つばめのさえずり。○宛転（えんてん）―ゆるやかに舞うさま。○黄鸝（こうり）―ちょうせんうぐいす。○高興（こうきょう）―高くすぐれたおもむき。○勃（ぼつ）―急に。○沈吟（ちんぎん）―思いをひそめ、じゅうぶんに検討する。○撚（ひねる）―指先でひねる。○髭（ひげ）―くちひげ。○忽（たちまち）―にわかに。○茲―此と同じ意味。○竹簡（ちくかん）―竹の札。竹を細長く削って作った札で、昔、これを韋（なめしがわ）で編んで巻物とし、文字を書きつけ、後世の紙のように用いた。○脩（おさめる）―ととのえる。○附（ふ）―わたす。○懶奴（らんど）―怠け者の下男。○痴児（ちじ）―おろかな子ども。○書几（しょき）―つくえ。○舗（しく）―敷きのべる。○青氈（せいせん）―青色の毛氈。毛氈は、毛と綿糸をまじえて織り圧縮した織物。敷物にする。○撥（はねる）―ひらく。○醸（じょう）―醸甕のこと。酒をつくるかめ。さかがめ。○瓊卮（けいし）―玉でつくったさかずき。○雲竜（うんりゅう）―雲従竜ともいう。気質を同じくする者は互いに引きあうこと。すぐれた君主が出ると、すぐれた臣下が出てこれを助けることのたとえ。しかし、本詩で具体的に何を指すかは未詳。○落月照疑―杜甫の「李白を夢む」の詩に、「落月は屋梁に満ち、猶ほ顔色を照らすかと疑ふ」の句がある。〇酒残（しゅざん）―宴会の終わり。〇風花（ふうか）―風に散る花。〇益（ますます）―いよいよ。〇奇―すぐれる。〇抵（あたる）―いたる。〇好会（こうかい）―よしみを結ぶ会合。〇辞（じ）―ことわる。

【人名】

〇阮宣（げんせん）―晋の阮脩の字。阮咸のおいである。酒が好きで歩行するとき、常に百銭を杖頭にかけておいて、酒店があれば飲酒にふけったという。（『晋書』巻四九）

〇杜甫（七一二〜七七〇）―盛唐の詩人。字は子美。襄陽（今の湖北省内）の人。長安郊外の杜陵（漢の宣帝の陵）・少陵（許后の陵）の西に住み、杜陵の布衣（一庶民）・少陵の野老（田舎の老人）と称した。玄宗の時、蜀の節度使の厳武に用いられて検校工部員外郎となったので、杜工部と呼ばれる。四四歳の時に安禄山の乱にあって各地に放浪し、乱の平定後　成都に移り住んだ。代宗の大暦五年、五九歳で耒陽（今の湖南省内）で死んだ。若いときから、政治と社会に深い関心を持ち、時世を痛嘆し、現実を描写し、一五〇〇首余りの作品を残した。李白と共に唐代を代表する詩人として李杜と併称される。李白が天才肌であるのに対し、杜甫は努力型であり、思想は儒教的である。叙事詩に長じている。詩聖と称される。詩は「李絶杜律」といわれ、李白は絶句、杜甫は律詩にすぐれている。その詩文を集めたものに『杜工部集』二〇巻がある。『新唐書』巻二〇一、『旧唐書』一九〇下、『唐才子伝』二などに伝記がある。

〇李白（七〇一〜七六二）―盛唐の詩人。字は太白（母が太白星（金星）を夢みて生んだので、名を白、字を太白としたという）。青蓮居士と号した。蜀（今の四川省）の人。豪放磊落で任侠を好んだ。若いころは、諸国を遊歴していたが、四二歳の時、才能を認められて宮中に入り、玄宗のそば近く仕えた。しかし、酒好きで、豪放で奔放な振る舞いが多かったので、二年ほどで宮廷を追われた。杜甫と交わり、共に旅をしたのもこの頃である。詩仙と称され酒仙ともいわれる。杜甫と対比するなら李白は道教徒である。酒を好んだので、舟で酒に酔い水面に映る月をとろうとして水死したと伝えられる。李太白集三〇巻がある。『新唐書』巻二〇二、『旧唐書』一九〇下、『唐才子伝』二などに伝記がある。

（参考）『李白大辞典』（広西教育出版社、一九九五年出版）は外国の研究も紹介した視野の広い辞典である。

【余説】

○この詩は、二六歳、安政六年（一八五九）の作品である。花は桜花であろう。

酔歌と言うだけあって楽しい作品である。しかし、友を求めるのは、心の底に寂しさがあるからである。

韓愈のことは、三七句に見える。雲竜とは雲従竜ともいう。気質を同じくする者は互いに引き合うこと。すぐれた君主が出ると、すぐれた臣下が出てこれを助ける事の例えである。

三八句は大詩人の杜甫のことである。（語釈参照）

ここでは友人のことを言うために引用しているが、左内の気持では、雲竜は君主と臣下の例えとして引用していると思う。そして、ここでも憲宗（や穆宗ら）と韓愈、藩主松平慶永と左内とを対比的に意識していると思われる。

左内としては、自分はすぐれた君主に仕える、すぐれた臣下であるという自負があったと思われる。

○左内は韓愈に対しては特別の感情を持っている。それについては、『福井縣漢詩文の研究』（増補改訂版）「橋本左内の漢詩に見える韓愈」研究（五八頁～一〇五頁）で論じた。参照されたい。

三〇句、「説向誰」を「誰に向かってか説かん」と読んだが、向を前置詞用法として「誰にか説かん」と読むこともできよう。

観九頭龍川圖　有懐昔遊　（333番）〈二六歳作〉

九頭竜川の図を観る。昔の遊びを懐ふ有り。

九龍蜿蜒降自天　　九竜蜿蜒として天より降り、
纒繞白嶽吐饞涎　　白岳を纒繞し饞涎を吐く。
涎沫蔓衍巨麓下　　涎沫蔓衍す　巨麓の下、
下抵平地成奔川　　下りて平地に抵り奔川と成る。
川流瀠洄隨山勢　　川流瀠洄し山勢に随い、
起伏開闔妙斡旋　　起伏開闔斡旋を妙にす。
有時駭浪衝蒼巌　　時有りて　駭浪は蒼巌を衝き、
碎爲十里迷濛煙　　砕けて為る　十里迷濛の煙。
有時急湍爲淺灘　　時有りて　急湍は浅灘となり、
金鱗閃閃十丈連　　金鱗閃々たり十丈の連。」
越城四月花盡落　　越城の四月　花尽く落ち、
落入水流香魚躍　　落ちて水流に入り香魚躍る。

城中士女娯釣游　城中の士女釣游を娯しみ、
綺羅紅塵漲寥廓　綺羅紅塵　寥廓に漲る。」
君不見山靈川眞好靜專　君見ずや　山霊川真は静専を好むを、
詎堪俗子日喧闐　詎んぞ堪えん　俗子日（ひび）の喧闐に。
大聲一喝撼坤軸　大声一喝　坤軸撼がし、
一鞭打醒懶龍眠　一鞭打いて醒ます　懶龍の眠り。
深山大澤凄風晦　深山大沢　凄風晦く、
紫霄天門怪雲羶　紫霄の天門　怪雲羶し。
雷公鳴鼓憑夷舞　雷公鼓を鳴らし憑夷舞ひ、
凍雨澒洞如翻泉　凍雨澒洞として翻泉の如し。」
是時我方投釣竿　是の時我まさに釣竿を投げんとし、
依樓呼杯洩幽隱　楼に依り杯を呼びて幽隠を洩らす。
茫茫八極小於掌　茫々たる八極　掌より小さく、
螟蛉蜾蠃胡紛紛　螟蛉蜾蠃なんぞ紛々たる。」
元龍倏動湖海氣　元龍たちまち動かす　湖海の気、
昌黎欲直騎蒼麟　昌黎直ちに蒼麟に騎らんと欲す。
丈夫意氣應如是　丈夫の意気　応に是くの如くあるべし、

肯傚寒乞悲酸辛　　肯えて傚ふ　寒乞悲酸の辛。」
須臾爽然天威霽　　須臾にして爽然　天威霽れ、
神龍歸湫山見髻　　神竜湫に帰り山髻を見はす。
萬壑翠風驅濕霧　　万壑　翠風　濕霧を駆り、
白鷗浩蕩沒波際　　白鴎浩蕩として波際に没す。」
嗟我自誤役簿書　　ああ我みずから誤りて簿書を役とし、
此境縹渺夢將無　　この境縹渺として夢将に無からんとす。
何異鷙鳥閉樊籠　　何んぞ異ならん　鷙鳥の樊籠に閉ざさるるに、
試振修翼觸四隅　　試みに修翼を振るひ　四隅に触れん。
鳴呼九龍之游何日復　　ああ九竜の游　何れの日にか復（ふたたび）せん
披圖卷圖發長吁　　図を披き図を巻きて長吁を発す。」

【押韻】

（一～一〇句）天、涎、川、旋、煙、連（平聲先韻）。
（一一～一四句）落、躍、廓（入聲藥韻）。
（一五～二二句）專、闐、眠、氈、泉（平聲先韻）。
（二三～二六句）竿、隱、紛（竿は上聲旱韻。他は吻韻。両者は通韻する）。
（二七～三〇句）麟、辛（平聲眞韻）。

（三一～三四句）霽、髻、際（去聲霽韻）。
（三五～四〇句）書、無、隅、吁（書は平聲魚韻、他は平聲虞韻、両者は通韻する）。

七言古詩。全四〇句。換韻格。

【題意】九頭竜川の図を見る。昔遊んだ時のことを思い出す。

【通釈】

九頭竜川の流れは、うねうねと竜が天から降りて来たようで、
白山をめぐって、よだれをたらす、
よだれは大きな山のふもとにひろがり、
流れ下って、平地に至れば速い川となる。
川の流れは、土地の形勢によって、
盛んになったり衰えたり、広がったり狭くなったりしながらたくみにめぐっている。
ある時は、はげしい波が年古りた大岩につきあたり、
砕け散って、あたり一面うすぐらい位の霧となる。
ある時は、急流が浅瀬を走り、
大きな魚の鱗がきらきらとひらめき長く連なる。
陰暦四月の福井の町では、桜の花はすべて散り、
花びらの落ちた流れに、鮎がおどる。

福井の人々は、釣りを楽しみ、
美しい着物とにぎやかなざわめきが、広々とした場所に満ちあふれる。
君達よ、知らないのか。山の神や川の主は、もっぱら静けさを愛好しているのを。
彼等がどうして世俗の人々の騒々しさに耐えられようか。
突然、大きな音が地軸をゆるがせ、
なまけた竜の眠りを鞭を打って目覚めさせた。
深山の大きな沼は、すさまじい風が吹いて暗くなり、
紫の空の天帝の住むあたりは、あやしげな雲にけがされている。
かみなりが太鼓を打ち鳴らし、川の神が舞って浪がわき立つ。
にわか雨が降り注いでさかまく滝のようである。
その時、私は釣りざおを投げすて、
高殿のてすりによりかかり、酒杯をあげて世を避けてかくれ住む憂いをはらした。
広々とした地の果ても、見方によっては手のひらよりも小さく、
青虫やじがばちの入り乱れている世の中はなんとごたごたしていることよ。
大きな竜がにわかに湖と川の様子を一変させてしまった。
韓愈は真っ直ぐであろうとして、年とった大鹿に乗っていたというが、
立派な男子の心意気は、当然そのようでありたいものだ。

すすんで、貧しい乞食を見ならって、痛ましい苦しみを味わおう。
しばらくして、さわやかに空が晴れ、
刀を振るった竜も池に帰り、山は頂をあらわした。
すべての谷では、みどりの風が、しめっぽい霧をおいはらい、
白い鳥がのんびりと波間に浮き沈みしている。
ああ、私はあやまって役所の文書を扱うことを職務としてしまい、
このような自然ののどかさを夢みることもなくなってしまいそうである。
あのあらあらしい鷹が鳥篭に閉じこめられたのと、そっくりである。
こころみに、長い翼をもって四方をとびまわりたいものだ。
ああ、九頭竜川への行楽は、いつの日にか再び実現するであろうか、
画をひらいて見、画を閉じては、深いなげきのため息をつくばかりである。

【語釈】

○九竜—九頭竜川。○蜿蜒（えんえん）—うねうねと屈曲しているさま。○纏繞（てんじょう）—まといめぐる。○白嶽—白山。○饞涎（さんぜん）—食物のことを考えて流すよだれ。○涎沫（せんまつ）—よだれ。○蔓衍（まんえん）—のびひろがる。○巨麓（きょろく）—偉大な山のふもと。○抵（いたる）—至る。○奔川（ほんせん）—速い流れ。○瀠洄（えいかい）—水がめぐり流れるさま。○起伏—さかんになったりおとろえたりする。○開闔（かいこう）—開くこととじること。○斡旋（あっせん）—めぐる。○駭浪（がいろう）—はげしい浪。○蒼巌—年古りた岩。○

十里―一里は三九二七メートル。十里は約四〇キロメートル。○迷濛（めいもう）―うす暗いさま。ぼんやりとしたさま。○急湍（きゅうたん）―速い流れ。○浅灘（せんたん）―はやせ。水が浅くて流れが急なところ。○金鱗―こがね色の鱗。○閃閃（せんせん）―ぴかぴかする。○十丈―丈は長さの単位。約三〇・三メートル。十丈は三〇三メートル。○越城―福井城。福井の町。○香魚―あゆ。○綺羅（きら）―美しい着物。またそれを着た人。○紅塵（こうじん）―日光に照らされて赤く見える土ぼこり。○漲（みなぎる）―物事が満ちあふれる。○寥廓（りょうかく）―からりとして広い。○山霊―山の神。○川真―川の本性。○静専（せいせん）―もっぱら静かである。○詎（なんぞ）―反語の助字。○喧闐（けんてん）―そうぞうしくてごたごたしている。○撼（ゆるがす）―ゆれうごかす。○坤軸（こんじく）―大地をささえていると想像される軸。○凄風（せいふう）―すさまじく寒い風。○紫霄（ししょう）―むらさきの空。○天門―紫微宮（天帝のいる星の名）の門。○擅（なまぐさい）―けがらわしい。○鼓（こ）―たいこ。皷は鼓の俗字。○憑夷（ひょうい）―川の神の名。○凍雨（とうう）―にわか雨。○澒洞（こうどう）―あい連なるさま。○翻泉（ほんせん）―さかまく滝。○釣竿（ちょうかん）―つりざお。○洩（のびる）―心がのびのびする。○幽隠―世を避けてかくれ住む。○茫々（ぼうぼう）―ひろびろとして果てしないさま。○八極―八方の最も遠い土地。○於（より）―よりも。比較を表わす。○螟蛉（めいれい）―あおむし。○蜾蠃（から）―じがばち。蜾蠃があおむしを取り運んで自分の子のえさにするのを、むかしの人は、その幼虫を自分の子として育てると思った。○胡（なんぞ）―疑問の助字。○紛々（ふんぷん）―まじりみだれるさま。○元龍（げんりゅう）―大きな竜。○倏（たちまち）―にわか。○昌黎―韓愈。前出。○蒼麟（そうりん）―年とった大鹿。○肯（あえて）―心から進すんで。○寒乞（かんきつ）―まずしいこじき。○悲酸―悲しくいたましい。○神（しん）―くるしみ。○須臾（しゅゆ）―しばらく。○

爽然（そうぜん）―さわやかなさま。○天威（てんい）―天帝の威力。○霄（はれる）―怒りがとける。○湫（しゅう）―いけ。○髻（もとどり）―たぶさ。髪を頭上でたばねたところ。○万壑（ばんがく）―すべての谷。○駆（かる）―おいはらう。○浩蕩（こうとう）―志のほしいままなさま。○没―もぐる。○簿書（ぼしょ）―役所の公文書。○縹渺（ひょうびょう）―ぼんやりしていてかすかなさま。○鷙鳥（しちょう）―あらあらしい鳥。たか、はやぶさの類。○樊籠（はんろう）―鳥獣を入れるおりやかご。○修翼（しゅうよく）―長いつばさ。○長吁（ちょうく）―深いなげきの声。

【余説】

○題・九頭龍川圖―左内が観た図は福井藩用水方が作成した図であったと推定される。

＊『越前三大川沿革図』（松平文庫蔵（71―7）、県立図書館保管）―この図は越前国の三大河川である九頭龍川、日野川、足羽川の流路を描いた河川図で、各川一帖（じょう）ずつ計三帖の折り本からなっている。記載内容は堤防や護岸など治水に関連する事項や用排水に関する事項が中心で、堤防や用水の維持管理に関する注記は藩政期の状況を示している。このことは本図の基になった図が福井藩の用水方によって作成されたことを示唆している（福井市立郷土歴史博物館角鹿尚計館長のご指摘）。

（四声）　上上上上去平平　　入入入入去入平

○36句は『藜園遺草』巻下、二三bでは次のように異なっている。36句「此境縹渺夢將無」が「六尺跼蹐苦縶拘」（六尺の跼蹐縶拘に苦しむ）＝〈（私の）身体は身の置きどころのない恐れと拘禁に苦しむ〉と。

○跼蹐―跼天蹐地の略。天が高いのに身をかがめ、地が厚いのに抜き足で歩く。非常に恐れて身のおきどころの無いこと。○縶（チュウ）――しばる。自由を束縛する。○拘――とらえる。縶拘――拘禁する。

なお、『景岳全集』に『蔡園遺草』の句を採らなかった理由は（表現が（発音も）あまりにも激しいからか？）不詳。

○換韻箇所は七つであるが、内容によって三段に分けられる。

已に口語訳は記したが、ここで、要点を記し作品の中に流れる左内の心情に迫ってみたいと思う。

第一段、九頭竜川の源から流れ下るさまを詠う（一～一〇句）。四月、桜花の散った流れに鮎が躍り、釣りを楽しむ男女が満ち溢れる（一一～一四句）。

第二段、山の神や川の主が騒がしいのを嫌われると、竜の眠りを覚まし、深山の大きな沼に風が吹き、雷鳴が轟き、波が立ち、にわか雨が降り注ぐ（一五～二二句）。私は釣り竿を捨て、高殿の手摺りによって、祝杯をあげて隠れ住む憂いを晴らす。世の中のなんとごたごたしている事よ（二三～二六句）。

大きな竜が、にわかに湖と川の様子を一変させてしまった。

韓愈は年をとった大鹿にただちに乗ろうとしたという。

立派な男子の心意気は、当然そのようでありたいものだ。

すすんで、貧しい乞食を見ならって、痛ましい苦しみを味わおう（二七～三〇句）。

第三段、しばらくして、爽やかに空が晴れ、力をふるった竜も池に帰り、山は頂を現した。

全ての谷では、緑の風が、湿っぽい霧を追い払い、白い鳥がのんびりと波間に浮き沈みしている（三一～三四句）。

ああ、私は誤って役所の文章を扱うことを職務としてしまい、このような自然ののどかさを夢見ることもなくなってしまいそうである。

あの荒々しい鷹が鳥籠に閉じ込められたのと、そっくりである。

試みに、長い翼をもって、四方を飛び回りたいものだ。

ああ、九頭竜川への行楽は、いつの日に再び実現するのであろうか。

図を開いて見、また図を閉じては、深い歎きの、溜息をつくばかりである（三五句～四〇句）。


この詩も二六歳、安政六年（一八五九）の作品である。

九頭竜川は、越美山地の岐阜県境油坂（福井県大野市和泉）付近に源を発し、坂井市三国町で、日本海に注ぐ福井県内最大の河川。流路延長一一六キロメートル。川の名前の由来は一説に古名崩河（くずれかわ）の転かというが、詳細不明（『角川日本地名大辞典18　福井県』角川書店、一九八九年、四三六頁参照）。

伝説に上流の湖に眠る竜が暴れ下ったからだという。それゆえにこの詩に竜が詠われるのである。

二七～三〇句に作者左内の心情が表れている。二八句の韓愈の「直騎蒼麟」は、いま出典を審らかに出来ない。しかし、韓愈を丈夫と見ていることが次の二九句によって判る。（韓愈について四五頁【人名】参照）。

三五～四〇句にも作者左内の願いが出ている。特に三七句・三八句は、幽囚の苦しみを詠っていて哀れでさえある。

九頭竜川に代表される郷里の風景は、三九・四〇句に言うとおり、もう二度と見ることは出来まいというのが左内の実感であった。

再び目にすることが期待し難い九頭竜川に代表される郷里の風景を忍ぶ左内の気持ちがひしひしと伝わってくる。

【六 「情趣」のまとめ】

春の詞二首と四六句の「花時招友人飲、作酔歌一章」の作品は比較的明るい内容である。一方、四〇句の「観九頭竜川図、有懐昔遊」の作品もほぼ同じであるが、こちらの方は大分雰囲気が違っている。幽囚の苦しみを「鳥籠に閉じ込められたみたいだ」と詠っていて、取り調べの進行の中で作者の心情が変化したことを反映しているように思われる。

七　詩論

聞南陽翁頃耽詩、多購諸名家集瀏覽焉。有此寄。（211）〈二六歳作〉

南陽翁ちかごろ詩に耽り、多く諸名家の集を購ひ瀏覧すと聞く。ここに寄する有り。

學書如學醫　書を学ぶは医を学ぶ如く、
技拙徒費紙　技拙ければ徒に紙を費やすのみ。
施藥如作字　薬を施すは字を作るが如く、
尙穩不尙詭　穏やかなるを尚び詭はるを尚ばず。
古賢論諸藝　古賢　諸芸を論ずるに、
頭頭同一旨　頭々　同一の旨なり。
聲詩本天籟　声詩　もと天籟、
豈可主綺靡　豈　綺靡を主とすべけんや。
淺士喜刻鏤　浅士　刻鏤を喜び、
竟變雕蟲技　竟には　雕虫の技と変ず。
詩運隨世降　詩運　世に随って降り、
愈降成模擬　愈々降って　模擬となる。
模擬與雕蟲　模擬と雕虫とは、

丈夫固所恥　丈夫固より恥づる所。
國風大小雅　国風　大小の雅、
藻詞如流水　藻詞　流水の如し。
行止得其所　行止　其の所を得（え）、
變化無窮已　変化　窮まり無きのみ。
故途不敢沿　故途　敢へて沿らず、
舊轍弗肯履　旧轍　肯へて履まず。
健者秋天鶻　健なるは　秋天の鶻、
麗者春澤雉　麗なるは　春沢の雉。
林壑殖香芬　林壑　香芬を殖やし、
薔薇兼蘭芷　薔薇　蘭芷を兼ぬ。
郊甸種艷花　郊甸　艶花を種え、
芙蓉及桃李　芙蓉及び桃李。
桃李與芷蘭　桃李と芷蘭と、
天賦無相似　天賦　相似ること無し。
葩經三百篇　葩経　三百篇、
以是尊玉璽　是れを以って　玉璽と尊ぶ。

先生學岐黃　先生　岐黃を學ぶ、
論與余符矣　論は余と符せん。
運用存活套　運用　活套に存し、
投劑死者起　投剤　死者をも起こす。
慧眼窮雅騷　慧眼　雅騒を窮め、
妙辭發至理　妙辞　至理に発す。
傾倒十年儲　傾倒　十年の儲、
書卷足驅使　書巻　駆使するに足る。
筆陣前無敵　筆陣　前に敵無く、
老將鞍下跪　老将　鞍下に跪く。
一掃潰亂場　一掃す　潰乱の場、
大雅自我始　大雅は我より始まる。
餘勇猶可鼓　余勇　猶ほ鼓す可く、
竝除書法俚　並びに除かれよ　書法の俚。

聞翁喜草書韻會等書。作字往々傚之。故結云爾。

聞くならく、翁草書韻会等の書を喜び、作字往々之れに傚ふと。故に結びにしかいふ。

【押韻】紙、詭、旨、靡、枝、擬、恥、水、已、履、雉、芷、李、似、璽、矣、起、理、使、跪、始、俚（上聲紙韻）。

五言古詩。全四四句。

【題意】伝え聞くところによれば、南陽さんは近頃詩におぼれ、有名詩人の詩集を沢山買っては通読しておられるとのこと。そこでこの詩を差し上げる。

【通釈】

書道を学ぶのは医術を学ぶのに似て、
技術が下手では、紙を無駄使いするだけ。
薬の調合も字を書くのに似て、
穏やかであるのをたっとび、怪しげなものはたっとばない。
むかしの賢人達が、もろもろの芸術を論じているのも、
いずれもが、同じ一つの考えに帰着する。
音楽と詩は、本来、自然と湧き出てくるもので、
どうして華やかさを中心とする必要があろうか。
浅はかな者は字句を飾ることを喜び、
ついには、単なる小刀細工になり下がってしまっている。
詩の趨勢は、時代とともに下降し、
更に下って今や、まねごとになってしまっている。
まねごとと小刀細工は、

いうまでもなく、立派な男子の恥ずかしく思うことである。
詩経の国風や大雅、小雅の詩は、
詩句が水の流れるようになめらかで、
ことばを続けるのも、止めるのも、それぞれその場に適していて、
その変化が非常に多いだけである。
みだりに、以前通ったことのある道に従っては行かないし、
前車のわだちを安易に繰り返さない。
健全なことは、秋空高くかけるハヤブサのようであり、
美しいことは、春の沼地で遊ぶきじのようである。
奥深い山林に、よい香りの草が育つ。
例えば、薔薇と蘭とよろい草のような。
町の近くでは、あでやかな花が植わっている。
例えば、芙蓉や桃、すもも。
桃、すももとよろい草、蘭とでは、
本来の性質は全然似ていない。
（それらを包含している）詩経三百篇の詩は、
それ故、天子の御印章のように尊重されるのである。

あなたは、医術を学ばれたから、
次の議論は、私と一致するでしょう。
技術を働かせ用いるのは、活用が大切であって、
上手に投薬すれば、死んだ者を生き返らすこともできる。
するどい目で、詩経や楚辞を研究すれば、
すぐれた詩句が、道理の中からあらわれてくる。
あなたは、詩書に、心を寄せられて十年の蓄積があるのですから、
書物を思うままに使うことができ、
あなたの勢いのある詩句の前には、誰もかなうものがないでしょうし、
長年鍛えた将軍でも、あなたの軍馬の下にひれ伏すでしょう。
現在の乱れた詩の社会を打ち破り、くだらぬ詩を一掃し、
格調の正しい詩風は自分から始まるのだの意気込みで頑張ってください。
なお余裕があれば、勇気を奮い立たせて、
書道で低俗な書き方を排除するように、詩の上でも、低俗なものを排除するように努めてください。

聞くところによると、御老人は書法や詩作の手本の書物を気に入られて、書道、作詩のとき時々それらによっておられるそうだ。それで終わりの句はそのことを述べた。

【語釈】

○頃—このごろ。ちかごろ。○耽（ふける）—度をこして楽しむ。○購（あがなう）—代金を払って買う。○名家—世に知られている人。ここでは詩人。○瀏覧（りゅうらん）—書籍などに一通り目を通すこと。○書—書道。○拙（つたない）—へた。○徒（いたずらに）—むだに。○施（ほどこす）—もちいる。○尚（たっとぶ）—とうとぶ。○詭（いつわる）—あやしい。正しくない。○頭頭（とうとう）—不詳。いずれもの意であろう。頭頭相望は、前の人の頭を後ろの人が順次望みつつ進むさま。○旨—かんがえ。○声詩（せいし）—音楽と詩。○本—かなめ。○天籟（てんらい）—自然になる風などの音。○綺靡（きび）—美しく華やか。○浅士（せんし）—あさはかな者。○刻鏤（こくろう）—木や金に彫刻する。○雕虫（ちょうちゅう）—文章の字句ばかりかざること。○詩運（しうん）—詩の趨勢。○摸擬（まねる）—摸は模に通ずる。○固（もとより）—いうまでもなく。○国風—諸国の民謡。『詩経』の周南、召南など一五国の一三五編をさす。○大小雅—『詩経』の大雅、小雅をいう。「古註」などは宴会儀式の楽歌であるとする。○藻詞（そうし）—詩のことば。○行止（こうし）—行くと止まると。○已（のみ）—だけ。句末につける限定、断定の助字。○故途（こと）—まえに通った道。○敢（あえて）みだりに。○沿（よる）—前例などに従う。○旧轍（きゅうてつ）—むかし通ったあと。○肯（あえて）—心からすすんで。○履（ふむ）—あるく。○健（すこやか）—堅実で強い。○鶻（こつ）—はと科の鳥の名。やまばと。はやぶさ。○麗（うるわしい）—あでやか。○雉—きじ。○林壑（りんがく）—山林の奥深い所。○殖（ふやす）—そだてる。○香芬（こうふん）—よいにおい。○薔薇（そうび）—ばら。○蘭芷（らんし）—らんとよろいぐさ。ともによいかおりのする草。○郊甸（こうでん）—郊外。○艶花（えんか）—あでやかな花。○天賦（てんぷ）—天が与えたもの。生まれつき。○葩経（はけい）—『詩経』の別名。韓愈の『進学解』に、「詩は葩（はなやか）なり」とあるのにもとづく。○玉璽（ぎょくじ）—天子の御印。○岐黄（ぎこう）―黄帝と岐伯。ともに医家の祖。転じて医術をいう。○符（ふ）―ぴったりと合う。○矣―句末の助字。○活套（かっとう）―どんなことにも当てはまる事柄。活用の利くもの。○投剤（とうざい）―薬を与える。○慧眼（けいがん）―物事を見ぬくするどい眼識。○窮（きわめる）―つきつめてたずねる。○雅騒（がそう）―詩経と楚辞。『詩経』の風、雅、頌の「雅」と『楚辞』の離騒の「騒」で、詩歌の古典、の意に使う。○妙辞（みょうじ）―すぐれた文句。○至理（しり）―このうえなく正しい道理。○傾倒（けいとう）―深く心を寄せる。○儲（ちょ）―たくわえ。○駆使（くし）―自分の思うままに使う。○筆陳（ひっちん）―筆陣と同じ。詩文が勢いのあること。○老将（ろうしょう）―軍事に熟練した将軍。○跪（ひざまずく）―ひざまずいて拝する。○潰乱（かいらん）―戦いに敗れて軍隊が混乱する。○大雅―『詩経』の詩の分野・風、雅、頌の一つ。転じて、格調高い詩歌。○余勇（よゆう）―余った勇気。○鼓（こ）―奮い立たせる。○並（ならびに）―あわせて。○書法―文字の書き方。○俚（り）―いやしい。通俗的。○草書―書体の一つ。ここは書道の手本を指すか。○韻会―詩作の手本。○結―結句のこと。

【人名】
○半井仲庵（一八一二～一八七一）―江戸後期の医者。福井藩医。文化九年、五代目仲庵（名は緯、字は君熙、号は南江）の子として生まれた。名を保といい、字を伯和、通称を元冲のちに仲庵を襲名した。半井家の先祖は為竹受慶といった。第三代福井藩主松平忠昌に召しかかえられ、越後国高田にいたが、元和九年（一六二三）、兄松平忠直が豊後国に配流された後、忠昌が福井藩主になって入部したとき、為竹受慶も福井に移住し、毛矢町に住んだという。二代目から姓を半井と称した。六代目半井仲庵のころには福井藩から一五〇石五人扶持をもらい、家は新屋敷二番町

（現福井市日之出二〜三丁目）にあった。京都に出て医学を学んだ後、大坂に出て中川修亭に師事した。天保一一年（一八四〇）、父が隠居したので、二九歳で六代目仲庵を名乗り家督を継いだ。仲庵の評判を聞いて、患者がたくさんやってきたが、彼は親切に診察し、貧しい者からは診察代を取らなかったという。半井家の医風は、代々解剖による実験主義的な態度を尊重した。現在残っている福井藩の解剖記録のなかに、半井仲庵（四代から六代まで）の名前が実によく出てくる。また嘉永五年（一八五二）、四〇歳のとき、彼は、初めてオランダ文典を読む機会を得た。オランダ文典を通じてオランダ語を勉強、洋書に親しみ、西洋医学の優秀なるを知り、盛んにそれを喧伝し、その普及につとめた。これらの点から、半井仲庵は、笠原白翁とともに、福井における西洋医学の祖といわれている。明治四年一二月二八日、病気のため死去した。半井仲庵の死を松平慶永（春嶽）は非常に悲しみ、足羽山にある墓表には慶永自ら碑文を書いた。（『郷土歴史人物事典〈福井〉』印牧邦雄監修、第一法規出版、一九八五年、九七、九八頁）。

☆73番「丙辰二月侍純淵君病、和半井伯卽事」（丙辰二月純渕君の病ひに侍す。半井伯和の即事に和す）〈七言絶句〉。

○南陽―半井仲庵のこと。半井仲庵については、左記の二つの詩に出ている。

丙辰は安政三年（一八五六）。純淵は鈴木主税。純淵は号。福井藩の重臣。安政の頃は、江戸藩邸にあって、春嶽の側近としてその機密に預かり、国事に奔走したが安政三年二月一〇日病没。四二歳。即事はその場のことを詠むということ。

☆74番「贈南陽父執昆斯病學書。以謝恩」（南陽父執に昆斯病学書を贈る。以て恩を謝す）〈五言二八句〉

父執は父の同志。昆斯病学書はドイツの医学者コンスブルックの医学書ではないか（高野長英訳「昆斯小児病門」、小関三英訳「泰西内科集成」などある）と思われるが、未詳。

○矢島立軒（一八二六〜一八七一）—漢学者・福井藩儒・明新館教授。『立軒存藁』（全三巻、漢文一三六篇を収める。福井大学綜合図書館所蔵）がある。その中巻の「送侍醫半井伯和序」（侍医半井伯和を送る序）＝江戸へ遊学するのを送る送別文＝に、（医学の他に）「旁又喜文章。余與君爲文字交」（旁ら又文章を喜ぶ。余は君とは文字の交りを為す）という記述があり、漢文を書くこともよくしたことが分かる。

『春嶽遺稿』巻一に「半井南陽墓表」（松平春嶽作）がある。

【余説】

○橋本左内と半井仲庵との交流を年譜で見ると、嘉永六年（一八五三）、笠原、半井、宮永、大岩と蘭書講読会を開いており、安政三年（一八五六）、旧臘二〇日ごろより二月一〇日の死去に至るまで、半井仲庵と共同で鈴木主税の看護にあたっている。つまり、二人は、医師として、共に学び共に努力してきた仲間であったのである。

○本作は左内の詩論である。当時は、文化文政の文化の爛熟期を経、少しでも教養のある者は詩歌を楽しんだから、その通俗なことへの批判が述べられているようである。あるいは半井仲庵もそうした通俗的な詩を作っていたのかもしれない。そのことは、結句が示唆している。医とか書とか、相手の関心のある分野を例に引きながら詩のあるべき姿を説いており、左内の説得術に優れていたと評される一端をうかがうことができる。

○表—文体のひとつ。「人びとの儀表（模範）となる人を明らかにすることであり表することである」と『文選』李善注にある（『文選』5　文章編（全釈漢文大系30）、集英社、一九七五年、一六六頁）。この文の元になっているのは『礼記』である。『礼記』の「表記」三二篇の第一章に「君子は隠れて顕に、矜にせずして荘に、厲からずして威あり、言はずして信あり」（孔子が言った）（国の君子たちは、隠れ住んでいてもいつしか人に知られ、気どるわけではないが、おのずと重おもしく、恐ろしいのではないが、威厳が備わっており、物は言わないが、信頼できる。そういった人たちなのである〉（『礼記』下（新釈漢文大系29）、明治書院、一九七九年、八一〇頁）。このことは『文心彫龍』第二三「章表」で指摘している（『文心彫龍』上（新釈漢文大系64）、明治書院、一九七四年、三三〇頁）。春嶽は、半井仲庵のことを、正式に「表」の形で示しているのである。

【人名】に、「経歴」を挙げたので、原文は漢文であるが、本書では、「書き下し文」で紹介する。半井南陽についての春嶽の人物評価を紹介しておく。

○『半井南陽墓表』（松平春嶽作）『春嶽遺稿』巻一（巻頭より38番目）

凡そ生有る者は必ず死有り。而して生きては喜び、死しては哀しむ。是れ人情の常。胡越のは相識らざるも且にしからん。況んや親厚の人においてをや。嗚呼、旧臣南陽、客歳下世す。其の子澄（さやか）、余に文を乞ひ以て其の墓に表せんとす。顧みるに、余は不文にして其の人に非ず。然れども曾て君臣の契り有り。且つ其の世に在りし時、之を親厚す。而も其の志を知り其の功を知る者、余の若きは莫し。則ち義として辞すべからず。南陽、姓は和気、清麻呂の後裔なり。半井を以て氏と為す。諱は保、字は伯和。通称は元沖。又仲菴と称す。南陽は其の別号なり。其の先に為竹なる者有り。半井驢菴の門人なり。元和八年壬戌余が家に仕ふ。而後子孫相承す。考の諱は緝、字は君熈、南江を号とす。妣は一柳氏。天保十一年庚子緝致仕す。南陽後を承け業を襲ふ。是より先、京師に遊ぶ。医某の門に入る。浪華に遊び、脩亭中川氏を師とす。学成りて帰る。治を乞ふ者甚だ多し。而して南陽勉強して倦まず。遠き者には輿を馳せ、近き者には一日に幾たびも回診して病者を視る。家貧しければ則ち薬を施して答謝を受けず。南陽人と為り忠篤。而して又慷慨して卓識有り。曽て余に謂ひて曰はく、漢医は薬の病を制するの理、及び病の原因を知らず。而して投ずるに草根木皮の無益無害の剤を以てす。其の験無きも亦た宜なり。是に於いて南陽年四十一、始めて和蘭文典を読み、後に扶氏遺訓を遵奉す。余扶氏の書三部を購ふ。南陽懇請す。乃ち之を授く。舞踏して喜ぶこと甚だし。日夜苦読し、手にして巻を釈かず。

是の時に当り、天下未だ西洋の医学の、世に鴻益有るを知らず。余の医臣も亦皆漢方を尚ぶ。譏議囂囂然たり。南陽不撓不屈にして、而して其の学を皇張す。余其の志の堅確を知り、益々之を親信す。岩佐、田代諸医員、相継いで長崎に游び、朋百氏に就きて学ぶ。以って今日の吾が越国西医の隆興を致す。尽く南陽先鞭鼓舞の力、と云ふ。南陽に宿痾有り。蘭医越爾蔑連斯氏の名を聞き、治に浪華に就く。数日にして癒え、将に帰らんとす。遽に病溘然として亡す。実に、明治四年辛未十二月二十八日なり。享年六十歳。越前福井愛宕山に帰葬す。高江氏を娶り、二男五女を生む。先に歿す。継いで本多氏を娶る。三女を生む。而して澄は先妻の出と為す。余夙に南陽の志及び其の功労を喜（嘉）び、以て之を永生に伝へんと欲す。是においてや涙を拭ひて以て記す。

【七　「詩論」のまとめ】

左内の詩に対する考え方は、韓愈（前出）と近いものがある。ここにもそれが見られる（七四頁参照）。

なお、七句の「声詩本天籟」（音楽と詩は、本来自然と湧き出てくるもの）というのは筆者には初見である。「自然と湧き出てくるもの」とはいっても、本質的にその資質がない者には、自然とは出て来ない。かつて教えを受けた国文学の吉田精一先生（もと日本学士院会員）は、詩は本質的にその才能がない者には書けない、小説は努力すれば書けるが詩は書けない、という意味のことをおっしゃった。そのお言葉を思い出し、左内のこの句は注目される意見であると思う。

八　見果てぬ夢

記夢　　夢を記す（343）〈二六歳作〉

老夫渲紺碧　老夫　紺碧を渲す、
新月懸玉鉤　新月　玉鉤に懸かる。
風葉涼於水　風葉　水よりも涼しく、
茅屋如漁舟　茅屋　漁舟の如し。
病軀疲晝暑　病躯　昼暑に疲れ、
引扇入羅幬　扇を引きて羅幬に入る。
神倦嬾不禁　神は倦み　嬾禁（とど）まらずして、
臥讀意境悠　臥読　意境悠なり。
一覧走千里　一覧　千里を走り、
倏忽極八州　倏忽　八州を極む。
州盡登雲程　州尽き　雲程を登り、
瓢颻駕白犨　瓢颻　白犨に駕す。
中途不具記　中途　つぶさに記さず、
直抵白玉樓　直ちに抵る　白玉楼。

試問何許地　試に問ふ　いづくの地ぞと、
童出答滄洲　童出でて滄洲と答ふ。
彫梁鏤玳瑁　彫梁　玳瑁を鏤め、
瓊櫳戛林球　瓊櫳　戛たる林球。
虚幌爽然啓　虚幌　爽然として啓き、
中有朱顔叟　中に朱顔の叟有り。
齒德卲且高　歯徳　卲（すぐ）れかつ高く、
紫稜爛雙眸　紫稜　双眸爛たり。
吐辭春氣溫　辞を吐けば春気の温、
向我問來由　我に向ひ　来由を問ふ。
張樂開玉壺　楽を張り玉壺を開きて、
侑我許酢酬　我に侑め　酢酬を許す。
酒肴咸奇珍　酒肴　みな奇珍にして、
絶異人間羞　絶異す　人間の羞と。
我時謝慇待　我れ時に　款待を謝し、
欲去不敢留　去らんと欲すれば　敢えて留めず。
臨別牽我袂　別れに臨み我が袂を牽き、

琅琅轉清喉　琅々　清喉を転ず。
爾主忠貞人　爾が主は忠貞の人、
元爲宗家謀　元より宗家の為めに謀る。
爾亦清白質　爾もまた　清白の質、
志操氷雪侔　志操　氷雪と侔し。
時運會暫塞　時運　暫く塞ぐに会う、
固非自招尤　固より自から招ける尤に非ず。
汝還告爾主　汝還りて爾が主に告げよ、
人阨無毫憂　人阨　毫も憂ふる無かれ。
箕子明夷遭　箕子　明夷に遭ひ、
文王羑里幽　文王　羑里に幽せらる。
振古聖賢士　振古　聖賢の士、
猶或辱縲囚　猶ほ或ひは縲囚に辱しめらる。
爾主誠通天　爾が主　誠　天に通じ、
行蒙帝寵優　ゆくゆくは蒙らん　帝の寵優。
汝亦名不朽　汝もまた　名　不朽にして、
當與文謝儔　当に文謝と儔たるべし。

挫折靡渝志　挫折して志を渝ゆるなかれ
前途勵益修　前途　励みてますます修めよ。
聞之心忽悸　これを聞きて心忽ち悸れ、
始信我夢遊　始めて信ず　我が夢遊を。
深愧持心淺　深く愧づ　持心の浅きに、
汗漫魂不收　汗漫りにして魂収まらず。
斯生猶朝露　斯の生　猶ほ朝露のごとく、
人事如水流　人事　水流の如し。
見義尚勇決　義を見ては勇決を尚ぶべく、
寧可較沈浮　寧んぞ沈浮を較ぶべけんや。
矧我感知遇　矧んや我　知遇を感ず、
遭阨何欧嚘　阨に遭ひ何ぞ欧嚘せん。
神仙雖情厚　神仙　情厚しと雖も、
安識我心遒　安くんぞ識らん　我が心の遒るを。
耿耿寐不寐　耿々として寐ねて寐られず、
歩庭發吟謳　庭を歩み吟謳を発す。
夜深人語絶　夜深く人語絶え、

銀河低斗牛　銀河　斗牛に低し。

【押韻】鉤、舟、幬、悠、州、犨、樓、洲、球、叟、眸、由、酬、羞、留、喉、謀、侔、尤、憂、幽、囚、優、儔、修、遊、收、流、浮、嗄、遒、謳、牛（平聲尤韻）。五言古詩。全六六句。一韻到底格。

【題意】夢を記録する

【通釈】

おとろえた太陽が紺碧の空にぼかしを入れたようであり、
細い新月が夕空の美しいかぎにぶらさがっているようである。
風にふかれる木の葉は水の流れよりも涼しく感ぜられ、
わがあばら屋は流れに浮かぶ小さな魚釣り舟のようにきしんでいる。
病みあがりの身体は、昼の暑さに疲れてしまい、
うちわを引き寄せて、うすぎぬのかやの中に入る。
心の奥底から疲れ果てて、大儀さをとどめようがない。
横になって書物を読んでいても、心の状態はとりとめがない。
一たび見わたすうちに、千里を走り、
たちまち、世界の果てにまで着いてしまう。
国土が見えなくなってからは、雲へのみちのりを登って行く。
それは風にひるがえる中を、白い牛に乗って行ったのであった。

途中のことは、詳しく記述しないが、
あっというまに、白い御殿に着いた。
試みに、ここはどこであるかを問うてみれば、
子供が出て来て答えるには、仙人の住む滄洲であるという。
梁の模様には、たいまいがはめ込まれており、
美しいれんじ窓からは、ここちよい玉のふれ合う音が聞こえる。
部屋のたれぎぬが、さらさらと開いて、
その中には赤い顔の老人が坐っている。
年は非常に高く、そして、徳がすぐれて見え、
天子のような威厳があり、二つのひとみはかがやいている。
ことばが発せられると、春の気候のようななごやかさで、
私に向かって、やって来た理由を問われた。
やがて、音楽がかなでられ、酒の壷が開けられて歓迎の宴となり、
私に、さかづきのやりとりを許してくださった。
酒のさかなは、すべて珍しいものばかりで、
われわれ人間世界の品品とは、まったく違ったものであった。
時間がたって、私が款待を感謝して、

辞意を告げると、むやみに引き留めるのでなく、
別れに臨んで、私のたもとを持って、
喉から、清らかな鳥のさえずりのような声で、
お前の主人は、真心が厚く正しい人である。
（今回のことは）元来、徳川家のために謀ったことである。
お前もまた、清廉潔白な性質で、
志を固く守ること氷や雪に等しいくらいに清潔である。
時の運勢が、たまたま、しばらく閉塞する時代に出会っているが、
もともと、自分で招いたあやまちではない。
お前は帰ったら、お前の主人にいいなさい。
人のもたらすわざわいに、ちょっとでも心をわずらわすべきでないと。
箕子がその明知をきずつけ狂人のまねをして身をかくしたことや、
文王が羑里に幽閉されたことのように、
昔から、聖人や賢人でも、
或る者は、とらわれ人としてはずかしめられたことがある。
お前の主人の誠は、天にまで聞こえており、
ゆくゆくは、天帝に大そうお気に入られるであろう。

お前の名もまた不朽であり、
文天祥や謝訪得の仲間入りをするだろう。
挫折して志を変えることなく、
今後ますます努力して身を修めるようにしなさい。
これを聞いて、たちまち、心はおそれおののき、
ここで始めて、私の夢の旅行が、神の啓示であることを信じた。
今までの心の持ちようが浅薄であったことを深く恥じ入り、
冷汗は体中にあふれ、たましいは安らかではない。
この私の命は、朝露のようにはかなく、
人の世のありさまは、河の流れのように移り過ぎて行く。
なすべき正義を見たときには、勇ましくきっぱりと決断を下すことが大切である。
どうして栄枯盛衰を考慮する必要があろうか。それは問題外である。
まして、私は、君主からの知遇に感激しているからには、
わざわいに遭って、どうしてなげく理由があろう。
仙人は心からあつくもてなして下さったけれども、
どうして知ろう（知りはしない）、私の心が、さしせまっていることを。
心が安らかでないまま、寝ても眠れず、

庭を散歩して、歌を口ずさむ。
65夜は深く更けて、人の話し声はとだえ、
空には銀河が、北斗星と牽牛星の間に低く横たわっている。

【語釈】

○老天—おとろえた太陽。○渲（ぼかす）—画法でくまどりをにじませる法。○玉鈎（ぎょくこう）—美しいかぎ。鈎は物をかける先の曲がった金属製の道具。○風葉（ふうよう）—風にふかれる葉。○引—ひきよせる。○羅幬（らちゅう）—うすぎぬのかや。○神—たましい。○倦（うむ）—あきる。○嬾（らん）—たいぎ。○禁（とどめる）—止める。○意境（いきょう）—心の状態。○悠（ゆう）—とりとめのないさま。○倏忽（しゅくこつ）—たちまち。○極（きわめる）—つきる。○八州—中国全土。○州—くに。○雲程（うんてい）—雲へのみちのり。○飄颻（ひょうよう）—風にひるがえる。○白犨（はくしゅう）—白色の牛。○具（つぶさに）—くわしく。○抵（いたる）—至る。○滄洲（そうしゅう）—仙人の住む所。○彫梁（ちょうりょう）—ほって文様をつけたはり。○鏤（ちりばめる）—はめこむ。○玳瑁（たいまい）—熱帯に住む海亀の一種。こうらは半透明黄褐色で黒い斑点がある、鼈甲とよばれ装飾品に用いられる。玳は毒の俗字。○瓊櫳（けいろう）—美しい連子窓。○戞（かつ）—玉のふれあう音。○琳球（りんきゅう）—美しい玉。○虚幌（きょこう）—外側のたれぎぬ。○爽然（そうぜん）—さわやかなさま。○啓（ひらく）—開く。○叟（おきな）—としより。○歯徳（しとく）—年齢と徳行。○召（しょう）—すぐれる。○紫稜（しりょう）—天子のような威厳。○爛（らん）—かがやく。○双眸（そうぼう）—二つのひとみ。○来由（らいゆう）—いわれ。○玉壷（ぎょくこ）—玉で作った美しい壷。○侑—すすめる。○酢酬（さくしゅう）—酢は客が主人に酒杯を返す。酬は主人

が客に酒を勧める。○人間（じんかん）―人間世界。○羞（しゅう）―そなえもの。○款待（かんたい）心からもてなす。＊「慤」は辞書にない。欵（まこと、まごころ）の意味でつかったのであろう。欵の本字は「歎」、欵は俗字。款は常用漢字。○琅琅（ろうろう）―鳥の清らかなさえずり。○忠貞―真心が厚く正しい。○宗家（そうか）―本家。○清白―品行が純潔なこと。○志操（しそう）―かたく守ってかえないみさお。○侯（ひとしい）―等しい。○尤（とが）―とがめ。あやまち。○人阨（じんやく）―人間のもたらすわざわい。○箕子（きし）―殷の紂王の一族。箕は封ぜられた国名。紂王をいさめたが聞き入れられず、狂人のまねをして身を保った。武王が紂王を滅ぼしたとき、箕子をむかえて天地の大法を問い、箕子は「洪範」を教えた。武王は箕子を朝鮮に封じた。孔子は、微子、比干とならんで殷の三仁のひとりとしている。○明夷（めいい）―易の六十四卦の一。賢者が志を得ず、讒言やそしりを恐れる象。○文王（ぶんのう）―周朝の最初の王。武王の父。殷王朝に仕え、西方諸国を従え、西伯と称された。その死後、武王が殷を滅ぼして周を建て、父に文王と諡をした。○羑理（ゆうり）―殷の紂王が文王を幽閉した所。今の河南省湯陰県の北にある。○振古（しんこ）―むかしから。○累囚（るいしゅう）―とらわれ人。縲は累の別体。○寵優（ちょうゆう）―おおきないつくしみ。○文謝（ぶんしゃ）―文天祥と謝訪得。共に南宋末の忠臣。○俦（ともがら）―なかま。○靡（ない）―否定の助字。○修（おさめる）―ととのえる。○遒（おそれる）―わななきおそれる。○漫（みだりに）―一面に広がる。○勇決（ゆうけつ）―勇ましくて、はきはきしている。○寧（いずくんぞ）―どうして。反語の助字。○沈浮（ちんぷ）―栄枯盛衰。○較（くらべる）―あらそう。○矧（いわんや）―まして。○欧嚘（いゆう）―なげくこと。○遒（せまる）―さしせまる。○耿耿（こうこう）―心が安らかでないさま。○吟嘔（ぎんおう）―節をつけて歌う。○斗牛（とぎゅう）―北斗星と牽牛星。

【人名】

○文天祥（一二三六〜一二八三）―南宋の吉水（江西省）の人。字は宋瑞、また履善。号は文山。年二〇で進士第一に及第。徳祐の初め（一二七五）、元兵が侵入するに及んで、王事に勤め、右丞相を拝した。元軍に使いして和を請うたが、とらえられて鎮江に至った。夜、逃げて真州に入り、海上から温州に至り、次いで左丞相を拝した。兵を江西に出して元兵と空坑に戦ったが、大敗し、のち元将張弘範にとらえられて燕京（北京）にあること三年、遂に殺された。時に元の世祖の至元一九年、年四七。刑死するに当たって詠じた「正気歌」が有名である。諡は忠烈。著に文山集二〇巻、文山詩集がある。

○謝訪得（一二二六〜一二八九）―宋の信州弋陽（江西省弋陽県）の人。字は君直。号は畳山。人となり豪爽で、直言を好み、忠義をもって自ら任じた。宝祐（一二五二〜一二五八）中の進士。徳祐（一二七五〜一二七六）の初年、江東提刑を授けられ、信州の長官となったが元兵と戦って破れ、姓名を変じて建寧の唐石山に隠れた。元の世宗の至元二六年（一二八九）とらえられて元の都に至り、同年絶食して没した。年六四。諡は文節。その編になる「文章規範」七巻が広く行われた。著に、畳山集五巻、批点檀弓一巻、詩伝注疏三巻などがある。『宋史』四二五、『宋元学案』八四などに伝記がある。

【余説】

○左内には「七夕」の詩が三首ある。26番（一九歳作）〈七絶〉、65番（二一歳作）〈七絶〉、381番（二六歳作）〈七律〉。〈七絶〉の二首は叙景詩。〈七律〉の一首は叙景と抒情の詩である。

○斗牛―この句には、仲のよい牽牛と織女のような夫妻に憧れる、左内の気持ちが込められていると思われる。

○安政の大獄に連座させられた左内が、自らの罪状に対する所信を夢の中での仙人のお告げの形で述べている。
○末尾の句（第六二～六四句）を見れば、左内は自らの死期の近いことを予知していたと思われる。
☆77番「丙辰六月十二日。宿木下驛。夢旅況。其翌抵今荘。遂敍夢中所」（丙辰六月十二日、木下駅に宿り旅況を夢む。其の翌今庄に抵る。遂に夢中の所を叙す）。藩命に依り、明道館の教授になるため江戸から福井へ戻る旅で見た夢を記している（勉学を続けたかったか?）。ここでも、思い通りにならない嘆きを詠じている。
○『春嶽遺稿』巻一にある「黎園遺艸引」の中で春嶽公が「清操冰雪」の四字を記したのは、「正気歌」の第一九句「清操厲冰雪」（清操冰雪よりも厲し）から採ったものである。「黎園遺艸引」は漢文であるが、参考として、書き下し文で紹介する。
○「黎園遺艸引」（松平春嶽作）（巻頭より55番目）。ただし、ここでは「景岳詩文集」による。
　橋景岳は余の侍臣たり。慷慨を懐きて大志有り。常に詩を喜び文を好む。暇有れば則ち必ず述作す。罪を得て典刑に遭ふ。今を隔つること十一星霜。頃(ちかごろ)聞く、其の友遺稿を集め以て上梓せんと欲すと。題辞を求む。余其の志を喜び、速に正氣歌の語を摘り、清操冰雪の四字を記し、以て之に与ふ。余おもへらく古今の慷慨を懐く者、皆同一の轍より出づ。時窮まりて節乃ち見(あらは)る。允に然り。明治二年歳集屠維大荒落。冬十一月十四日。東京磐橋邸において、大学別当慶永。
○なお、「引」について一般の辞書では、引は①楽府の一体。②唐以後に始まった文体の一つ。はしがき。序。とする。ここは②のことである。
　また、「文體明辯」の「引」を見ると、「按、唐以前文章、未有名引者、漢班固雖作典引、然實爲符命之文、如雜者、命題各用己意耳、非以引爲文之一體也、唐以後、始有此體、大略如序、而稍爲短簡、蓋序之濫觴也、若其名引之義、難妄臆說、俟博聞者詳之（按ずるに、唐以前の文章に、未だ引を名とする者有らず、漢の班固は典引と作すと雖も、然れども実は符命の文為り、雑著の如し。命題は各々己が意を用ふるのみ、引を以て文の一體と為すに非ざるなり、唐以後、始めて此の体有り、大略序の如し、而して稍や短簡と為す、蓋し序の濫觴なり、その引と名づくるの義、妄臆説とし難きの若し、博聞者を俟って之を詳にせん）と記す。

【八 「見果てぬ夢」のまとめ】

左内は出世街道を走っていたように見えるが、左内の本心はそれを全て喜んでいたとは言えないように思う。身分制度の厳しい社会である。立場上、自分ではあからさまには言えないこともある。だから、夢によって本音を語っていると思うのである。

おわりに

左内の人生は、人によっては異例の出世をし短期間ではあったが活躍した、一面幸せな人であったとみる人もあると思う。しかし、私は、左内の漢詩を見るだけでも、左内自身はそうではなかったのではないかと思われるのである。

また、幕末の志士たちの中に在って、文才においても作品数においても突出していた左内が、若い年で死去し、持てる才能を十二分に開花させることが出来ずに終わったことは、福井のみならず日本の漢詩文学界にとっても、誠に惜しむべきことであり、痛ましく、返す返す残念に思われてならないのである。

注記

（一）　筆者と藤井正道氏とは、福井工業高等専門学校に在職した折、漢文の勉強会を開いた。一九七二年から一九九〇年一二月まで一八年間つづけた。なお、一九八六年一〇月から一九九〇年一二月までは、橋本左内の「景岳詩文集」の漢詩、少年時代の作品等を含めて四五六首を読んで、注釈を付けた。本稿はその時の草稿を基本にして改稿しており、作品番号もその時に付けたものを用いている。

（附録）橋本左内略年譜

天保五年（一八三四）一歳

三月一一日、越前国福井城下常盤町に生まる。父彦也（藩の奥外科医）三〇才。母梅尾二一歳。長男。

天保一一年（一八四〇）七歳

八月、父彦也本科兼帯。

漢学を藩医舟岡周斎、妻木敬斎、勝沢一順に、書を藩祐筆久保一郎右衛門、萩原左一、小林弥十郎に学ぶ。

天保一二年（一八四一）八歳

四月五日、弟綱維生まる。

藩儒高野真斎について学ぶ。

天保一四年（一八四三）一〇歳

『三国志』を通読し、ほぼその意を解す。

弘化二年（一八四五）一二歳

六月二〇日、弟綱常生まれる。
剣術を鰐淵幸広に、柔術を久野猪兵衛に、画を島田雪谷に学ぶ。
藩立医学所済世館に入り漢方を学ぶ。
宋の岳飛を慕い景岳と号す。

弘化三年（一八四六）一三歳
父の診療を手伝い、往診にあたり、患者日記をつける。詩文をよくする。

弘化四年（一八四七）一四歳
研学診療にますますつとめる。
詩友鈴木蓼蔵、文友矢島立軒としたしむ。

嘉永元年（一八四八）〈二月一五日改元〉一五歳
六月、『啓発録』を著す。
吉田東篁の門に入る（一説弘化二年。一二歳）。吉田東篁門下の同志数人と共に詩巻を作る。「今秋日山居」の詩あり。
この年までの漢詩制作数は六首（作品番号　少一～少六）。

嘉永二年（一八四九）一六歳
冬、緒方洪庵の適々斎塾に入門し蘭方及び蘭学を学ぶ。
松平慶永より遣使褒賞さる。
適塾時代の漢詩は二三首（作品番号〇〇一～〇二三）

嘉永四年（一八五一）一八歳
五月ごろ梅田雲浜と会う。
このころ横井小楠と二度面会。
九月一日、横井小楠につき熊本遊学の希望をのべる。
一二月、父彦也負傷、臥床。
藩手当金を支給さる（藩給費の始め）。
笠原良策としきりに書翰を交わす。
嘉永三・四年の漢詩制作数は二〇首（作品番号〇〇一～〇二〇）。

嘉永五年（一八五二）一九歳
閏二月一日、大坂より帰国。
一〇月八日、父・彦也死去（四八歳）。

一一月、家督相続（二五石五人扶持・藩医）。
この年の漢詩作成数は一九首（作品番号〇二一～〇三九）。

嘉永六年（一八五三）二〇歳
一二月、種痘の功績を認められ松平慶永より慰労の辞を受ける。
医療に従事し、笠原良策、半井仲庵、宮永良山、大岩主一らと蘭書講読会を開く。
この年の漢詩作成数は二四首（作品番号〇四〇～〇六三）。

安政元年（一八五四）〈一一月二七日改元〉二一歳
二月八日、吉田東篁の母の乳癌手術を執刀する。
同月二二日、江戸遊学出発。
三月五日、江戸到着。
蘭学の坪井信良・杉田成卿に、漢学の塩谷宕陰に入門。
四月九日、吉田松陰の下田渡航失敗を聞く。
五月、蘭学の戸塚静海に入門。
六月、塩町出火。二五〇〇戸を焼失し、福井の自宅も類焼。
八～九月ごろより、他藩士と交わりはじめる。

この年の漢詩作成数は七首（作品番号〇六四〜〇七〇）。

安政二年（一八五五）二二歳

六月一四日、藤田東湖より海警について内聴。

同月、松平慶永より学業上達の褒辞・印籠を給せらる。

七月二七〜八日ごろ、藩命により帰国。

一〇月、医員を免ぜられ書院番となる（是より身を国事に委ねる）。

一一月二八日、江戸へ出発（途中一二月四日遠州中泉代官林鶴梁を訪う）。

一二月九日、江戸到着。

一二月一七日以後鈴木主税宅へ同居。

一二月二七日、西郷吉兵衛（隆盛）・安島帯刀と初めて対面する。

この年の漢詩作成数は二首（作品番号〇七一〜〇七二）。

安政三年（一八五六）二三歳

旧臘二〇日ごろより二月一〇日の死去に至るまで、半井仲庵と共同で鈴木主税の看護にあたる。

三月一九日、武田耕雲斎と会う。

四月二一日、帰国を命ぜらる。

五月二八日ごろ、江戸出発。
六月一四日、福井帰着。
七月一七日、明道館講究師同様心得、蘭学掛。
九月二四日、明道館幹事兼側役支配。
この年の漢詩作成数は一四首（作品番号〇七三〜〇八六）。

安政四年（一八五七）二四歳
正月一五日、明道館学監同様心得。
八月七日、藩命により五学生を率いて江戸へ出発。
八月二〇日、江戸到着。侍読兼御用掛。
この頃より将軍継嗣問題に奔走。
この年の漢詩作成数は九首（作品番号〇八七〜〇九五）。

安政五年（一八五八）二五歳
正月二七日、江戸を出発、上洛す。
二月七日、京都到着。
四月三日、京都出発。

四月一一日、江戸到着。

四月一八日、側向頭取格、勝手許御用掛。

七月五日、中将様（慶永）隠居謹慎を命ぜらる。

七月中旬より九月中旬まで病気臥床。

一〇月六日ごろ幕府の密偵が来たことを告げられる。

一〇月二二日、幕吏による藩邸の捜索。

一〇月二三日、江戸町奉行・石谷穆清に召還され、訊問を受け、親戚瀧勘蔵方に預け、謹慎を命じらる。

一一月八日、町奉行所において訊問を受ける。

一一月一〇日、町奉行所において訊問を受ける。

この年の漢詩作成数は七五首（作品番号〇九六〜一七〇）。

安政六年（一八五九）二六歳
正月八日、評定所において訊問を受ける。
二月一三日、評定所において訊問を受ける。
三月四日、評定所において訊問を受ける。
七月三日、評定所において訊問を受ける。
九月一〇日、評定所において訊問を受ける。

一〇月二日、入獄。
一〇月七日、刑死。
この年の漢詩作成数は二八〇首（作品番号一七一～四五〇）。以上。
以下「橋本景岳先生年譜」より補う（抜粋）。
安政六年（一八五九）二六歳
刑後遺骸を小塚原回向院に収め「藜園墓」を建つ。
文久二年（一八六二）
一一月、幕府先生（左内先生）の罪を免ず。
文久三年（一八六三）
五月、春嶽公の内命により回向院埋葬の遺骸を福井善慶寺に移葬す。
明治一八年（一八八五）
一一月、千住回向院に「景岳橋本君碑」を建つ。
明治二六年（一八九三）
一一月一二日、福井より「藜園墓」を移し回向院に再建す。
明治三五年（一九〇二）
景岳会成る。
明治四一年（一九〇八）

五〇年祭を東京に擧行、景岳会橋本左内全集を刊行す。
昭和八年（一九三三）
蘐園墓の套堂成り七五年祭擧行。
昭和一四年（一九三九）
景岳会左内全集を増補改編して橋本景岳全集を刊行す。

以上

○銅像について
(一)　福井市左内町の「左内公園」内の銅像・「橋本左内先生像」
一九六三年（昭和三八年）一〇月七日建立。笠原行雄設計、辻広組施工。
・敷地＝一四メートル×一四メートル、花壇土台作り
・台石＝白御影石張石二メートル×二メートル、高さ四・二メートル
・銅立像＝高さ約四メートル、全体高さ約九・五メートル
（以上「橋本左内先生顕彰会」提供の資料による）
(二)　福井市立郷土歴史博物館のロビーにある
①「橋本左内先生像」（ブロンズ立像）笠原行雄作
・台石＝高さ一〇センチメートル　幅六七センチメートル　奥行六二センチメートル
・立像＝高さ一七五・〇センチメートル　幅六六・〇センチメートル　奥六〇・〇センチメートル

②「橋本綱常博士」（ブロンズ胸像）ステレオ写真彫像

福井県医師会長大月恭一書

・台座＝九二・〇センチメートル×五四・五センチメートル×五〇・〇センチメートル

・像＝高さ六五センチメートル 幅六三センチメートル 奥三四・〇センチメートル

①②共に昭和戦後期の作で製作年は不明。

（以上「福井市立郷土歴史博物館」提供）

後書き

福井高専に勤務中、一九八八（昭和六三）年、九月一六日・三〇日の両日に、鯖江市の「高年大学」で、福井県の漢文学の講義をすることを依頼された。そこで、左内の漢詩について話をすることに決め、当時一緒に勉強していた同僚の藤井正道氏に意見を聞き、作品を選択した。（五一歳）

その後、二〇〇三（平成一五）年二月二七日（木）午後二時三〇分～四時、福井大学教育地域科学部一号館三階三一講義室で福井大学異文化交流講座教授前川幸雄の最終講義を行うことになり、この高年大学の原稿の作品を若干入れ替え、推敲して、題目「橋本左内の漢詩について―四六〇首の世界―」の講義原稿とした。

（最終講義の時は、ＮＨＫの福井支局が報道してくれたので、大学以外の外部から一般の人も聴きに来て下さった。『芳名録』を見ると、三七名が出席して下さっていた）（六五歳）

今回、その旧稿に「情趣」の箇所に挙げた２１０番・３３３番の二編を追加し、補正した。（八三歳）

青年、橋本左内の「夢と苦衷」には同情を禁じ得ないものを、当時感じ、今も感じているので、その自分の気持ちの一端を、こういう形で書物にまとめられたことに、ほっとするものを感じている。そして、読んで下さる方が左内に対する理解を深めて下さることに少しでも役に立てて頂けるならばうれしく、また有難いと思う。

二〇二〇（令和二）年八月盛夏、以文会友書屋にて、前川幸雄　記す。

著者略歴

前川幸雄（まえがわゆきお）

1937年福井県勝山市遅羽町（縄文の里）に生まれる。福井県立勝山高校普通科を卒業。國學院大学にて９年間学ぶ。1970年度文部省内地研究員（京都大学人文科学研究所）。1985年度文部省長期在外研究員（西安外国語大学）。福井高専（名誉教授）、上越教育大学、福井大学、各校教授。定年退官後仁愛大学講師等。中国文学、日本漢文学研究に従事。傍ら詩作活動を続け今日に至る。

◎（受賞歴）

平成６年　女神杯栄誉賞（中国陝西省作家協会）〈中国現代詩の研究と翻訳〉

平成20年　日中友好功労賞（福井県日中友好協会）〈漢詩文講座を通じての友好増進〉

平成28年　瑞宝小綬章（内閣府）〈教育研究功労〉

令和元年　福井市文化奨励賞〈学術部門・漢文学〉

◎（主要研究書）

1977年『元稹研究』花房英樹・前川幸雄共著（彙文堂書店）

1980年『柳宗元歌詩索引』（朋友書店）

1995年『長安詩家作品選注（西安の詩人たち）』（福井新聞社）

2009年『橘曙覧の漢詩　入門』（以文会友書屋）

2015年『鯖江の漢詩集の研究』（朋友書店）

2018年『『東篁遺稿』研究―吉田東篁と陶淵明―』（朋友書店）

2019年『福井縣漢詩文の研究』（増補改訂版）（朋友書店）

2021年『元白唱和詩研究』（朋友書店）

橋本左内の漢詩
―見果てぬ夢の世界―
（福井県漢詩文研究叢書）

二〇二一年八月三〇日　第一刷発行

定価　一、五〇〇円（税別）

著者　前川幸雄

発行者　土江洋宇

発行所　朋友書店

〒六〇六-八三一一　京都市左京区吉田神楽岡町八
電話（〇七五）七六一―一二八五
ＦＡＸ（〇七五）七六一―八一五〇
E-mail:hoyu@hoyubook.co.jp

印刷所　亜細亜印刷株式会社

ISBN978-4-89281-191-3 C1092 ￥1500E